Le diable prend la mouche

Bibliothèque de l'Insolite
Collection dirigée
par François Guérif
et Joëlle Losfeld

Titres déjà parus dans la collection :

Vingt mystères de chambres closes, anthologie proposée par
Roland Lacourbe
L'inconnue du terrain vague de Pierre Very
Le portrait de Jennie de Robert Nathan
Qui veut la peau de Philip Banter de John Franklin Bardin
Miniature ou les Mémoires de Miss M de Walter De La Mare
Treize enquêtes de la Machine à Penser de Jacques Futrelle

A paraître :
L'homme qui avait les dents toutes exactement semblables de
Philip K. Dick

John Franklin Bardin

Le diable
prend la mouche

Traduit de l'américain par
Richard Matas

Terrain vague. Losfeld

Titre original :

Devil Take the Blue-Tail Fly

A John C. Madden
Avec respect et admiration.

When I was young I used to wait,
On massa and give him his plate,
And pass the bottle when he got dry
And brush away the blue-tail fly.

Chorus :

Jimmy crack corn and I don't care,
Jimmy crack corn and I don't care,
Jimmy crack corn and I don't care.
My massa's gone away.

And when he'd ride in the afternoon,
I'd follow after with a hickory broom,
The pony being rather shy,
When bitten by a blue-tail fly.

Chorus :

One day he ride round the farm,
The flies so numerous they did swarm,
One chanced to bite him on the thigh –
The devil take the blue-tail fly!

Chorus :

The pony run, he jump, he pitch
He threw my massa in the ditch;
He died and the jury wondered why –
The verdict was the blue-tail fly!

Chorus :

They lay him under a 'simmon tree
His epitaph is there to see –
'Beneath this stone I'm forced to lie –
Victim of the blue-tail fly!'

Chorus :

AN AUTHENTIC NEGRO MINSTREL SONG OF *circa* 1840.

Quand j'étais jeune je servais
Le maître, je lui passais le plat,
Et la bouteille quand il avait le gosier sec,
Et je chassais la mouche bleue.

Jimmy grille le maïs et je m'en fiche,
Jimmy grille le maïs et je m'en fiche,
Jimmy grille le maïs et je m'en fiche,
Mon maître est parti.

Quand il allait à cheval dans l'après-midi,
Je le suivais avec un balai de noyer
Parce que le poney se mettait à broncher
Quand la mouche bleue le piquait.

Un jour que le maître chevauchait à travers champs,
Il y avait tant de mouches qui grouillaient.
En voilà une qui pique la cuisse du poney.
Que le diable emporte cette mouche bleue!

Le poney, il court, il saute, il se cabre,
Il jette mon maître dans le fossé.
Mon maître est mort et le jury se demande pourquoi.
C'était la mouche bleue, voilà son verdict!

On l'a enterré sous un arbre à kakis.
L'épitaphe on peut la voir :
« Sous cette pierre je suis couché
Victime de la mouche bleue! »

1

« Aujourd'hui c'est le jour grand jour! » fut la première pensée d'Ellen au réveil. Charmée par le rythme, la cadence de cette phrase, elle se la répéta, puis, joyeusement, la prononça à haute voix. Elle inspira ensuite profondément et tendit les bras vers le plafond vert pâle jusqu'à faire craquer les articulations. La claire lumière du matin inondait la petite chambre immaculée, l'éclaboussant de soleil, comme une coulée de crème jaillie d'une baratte. Ce souvenir fit rire Ellen, ravie par la fraîcheur de sa mémoire. Avait-elle jamais oublié quoi que ce fût? Une seule fois dans sa vie elle avait vu une baratte, une seule et unique fois. C'était lors de ce mois, le premier de leur mariage : elle avait séjourné avec Basil dans une ferme du Vermont et découvert l'épaisse crème jaune, ce drôle de beurre blanchâtre au goût si merveilleux, à la mousse écumante. Oh! De nouveau elle allait bien, il n'y avait aucun doute, sans quoi elle n'aurait pas pu penser à cela. Et tout était harmonieux, le soleil sur les murs vert pâle ressemblait vraiment à de la crème tournant en beurre, et elle se sentait heureuse. Elle était, en effet, aussi heureuse maintenant qu'elle l'avait été ce mois-là, ce mois incroyablement idyllique, quand Basil et elle venaient de se marier.

Son humeur, le soleil et le beurre, c'était du pareil au même, c'était un tout.

Elle laissa brusquement retomber ses mains et, dans un soupir d'ineffable bonheur, vida ses poumons – elle avait retenu l'air jalousement, comme si de la sorte il lui avait été possible d'étreindre la perfection de l'instant. Puis, s'élançant souplement en dépit de la dureté des ressorts du matelas, elle rejeta les couvertures et quitta le lit. « Aujourd'hui, je rentre à la maison. »

Basil allait venir la chercher; elle le prendrait par le bras, gravement, sérieusement, et remonterait le couloir en sa compagnie. Elle se tiendrait près de lui, tandis que Martha – à moins que ce ne soit Mary? – ouvrirait la porte. Mais elle ne s'agripperait pas à lui; ses doigts ne se crisperaient plus sur le tweed rugueux de sa manche. Car cette fois-ci, elle ne serait pas obligée de s'arrêter sur le seuil, désemparée, alors que Basil l'embrasserait sur la joue, le front, puis, avec une retenue qu'il n'avait pas eue jusqu'alors, sur la bouche. Elle n'aurait pas besoin de sourire, ni de dire quelque chose de banal, n'importe quoi d'aimable à Martha – parfois c'était Mary – alors qu'il franchirait vivement la porte, gagnerait le palier, descendrait bruyamment l'escalier de fer. Elle n'aurait pas besoin de revenir sur ses pas dans le couloir jusqu'à sa chambre, semblable à toutes les autres, en dépit des tentures monacales et des partitions de Bach et de Handel, Rameau et Couperin, Haydn et Mozart, dans la bibliothèque qu'elle avait réclamée et que Basil lui avait apportée. Pas aujourd'hui! Non, plus jamais elle ne s'asseyerait le dos tourné à la fenêtre pour ne pas voir Basil remonter l'allée dallée en compagnie du Dr Danzer avec, sous ses yeux, ouvert à la première page, le livret à reliure souple de son Bach préféré. (Ses doigts se mettaient alors à mimer l'interprétation du premier trille, appuyant sur la plus haute note, appréciant infailliblement la dernière, pas une seconde trop tôt pas une seconde trop tard; et, une fois de plus, ressuscitait en elle pour meubler sa mélancolie la lente solennité de la sarabande d'Anna Magdalena.)

« Aujourd'hui, je rentre à la maison », répéta-t-elle à mi-voix, brossant énergiquement ses cheveux blonds jusqu'à ce qu'ils prennent leur volume. Elle s'habilla rapidement, sereinement, sans hésiter sur ce qu'elle allait porter : le tailleur vert forêt, les richelieux marron, le chapeau à plume qu'elle n'aimait pas particulièrement, mais que Basil avait choisi et qu'il lui avait si fièrement offert. Évidemment, il n'y avait pas vraiment le choix, ou plutôt elle avait décidé ce qu'elle porterait des mois auparavant, quand elle avait pour la première fois osé envisager l'arrivée de ce jour. Tout choisi hormis le chapeau, c'est vrai. Elle avait opté pour un autre modèle, quelque chose d'un peu masculin, qui lui allait mieux, et qui s'accordait davantage aux circonstances. Mais, puisque Basil avait apporté celui-là, il fallait le porter car pour rien au monde elle n'aurait voulu lui faire de la peine. Non! A partir de maintenant, le bonheur de Basil passait avant tout. C'était son *sine qua non;* il le méritait. Où en serait-elle sans Basil? Qui s'était occupé d'elle, qui lui avait parlé, l'avait raisonnée quand elle était au plus mal, qui avait tenu bon sans défaillance? Basil. Qui était venu la voir tous les jours de visite, même lorsqu'il savait cela inutile, puisqu'on ne le laissait pas la voir; prenant le train jusqu'à la ville, puis un car bondé de la ville à l'hôpital? Basil. Et la dernière fois qu'il était venu — après en avoir reçu l'autorisation — il lui avait apporté le chapeau. Un chapeau ridicule, extravagant, avec cette plume qui ne voulait rien dire. Le genre de chose qu'achètent les femmes quand elles sont amoureuses et les hommes quand ils entrent, l'air embarrassé, dans un magasin où ils finissent par dire en bégayant : « Je voudrais un chapeau. » Et à chaque fois le mauvais choix est accompagné de cet éternel commentaire de la vendeuse : « Madame trouvera ça très chic. » Les mêmes propos embarrassés, le même geste honteux pour sortir le portefeuille, le même malaise quand on y repense par la suite, en reconnaissant ou pas qu'on s'est fait avoir. Après tout quelle importance? Même si ce jour semblait exiger une coiffure plus sérieuse, plus sobre? Basil n'avait-il pas choisi ce chapeau, et n'était-ce pas plus important qu'un préjugé de femme? Oh! qu'il n'en soit plus question! Elle allait le porter, et avec amour, parce qu'elle aimait Basil, et qu'aujourd'hui elle rentrait à la maison avec lui. C'était tout ce qui comptait, et c'était merveilleux.

Lorsqu'elle eut fini de s'habiller, après avoir refait difficilement et pour la dernière fois le lit d'hôpital haut perché, elle consulta sa montre, constata qu'il n'était que six heures et quelques minutes. Le petit déjeuner ne serait pas servi avant sept heures, le docteur ne passerait pas la voir avant huit heures; même si Basil avait pris le train hier après-midi comme promis et passé la nuit dans un hôtel de la ville voisine, il pourrait difficilement se trouver à l'hôpital avant neuf heures. Elle disposait au moins de trois heures pour faire ses bagages, ranger ses vêtements, ses livres, ses partitions, faire ses adieux à Mary et à Martha et remercier le Dr Danzer. Trois heures au moins pour prendre congé. Ce serait bien long, il lui semblait que ce serait interminable. Au bout du compte, aurait-elle assez de temps? Qu'est-ce que trois heures en deux ans, surtout quand ces heures sont lourdes du fardeau de ces années, de tout ce qu'elle y a enduré.

De six à neuf heures, elle serait consciente du passage de chaque seconde et sûrement elle aurait à revivre intensément chaque instant des nuits, des jours de ces deux années qui allaient s'achever. Mais – elle regarda par la fenêtre, vit la pelouse verte, le virage de l'allée dallée, les ormes qui bordaient le haut mur de pierres, le portail en fer forgé et le cube de briques qui était la loge du gardien – neuf heures arriveraient; même si le temps passait lentement, Basil viendrait, elle le prendrait par le bras, lui sourirait et finalement, irrévocablement, ces années et ces heures disparaîtraient.

Elle s'approcha de la bibliothèque, effleura les tranches fines de ses partitions aux titres dorés. Ses doigts fins, repliés, plaquaient des arpèges, des appoggiatures, éprouvaient la solidité de la toile forte, la douceur du vélin, languissaient une fois encore sur la dureté des touches polies auxquelles elle rêvait, et elle imaginait le merveilleux son métallique d'une corde pincée, entendait au fond de sa mémoire le cœur de la note, la vibration d'un accord, le tintement précis d'un mouvement impétueux, d'un trille. Elle se voyait traverser quelques kilomètres de collines dans un car cahotant, Basil à côté d'elle, lui tenant la main, puis dans un train attiré par la gare comme par un aimant, la soumission aux arrêts et aux démarrages d'un taxi, Basil tout près d'elle, enfermé dans ce petit espace avec elle, ses oreilles agacées comme les siennes par le tic-tac du compteur, et elle monterait le perron de leur maison, échangerait des salutations avec Suky, le maître d'hôtel, lui d'une profonde inclination, elle d'un hoche-ment de tête; puis passant devant lui, elle graviait l'escalier en courant jusqu'à sa salle d'étude. Elle arrê-terait sur le seuil pour reconnaître les murs roses, l'éclairage tamisé, le long canapé où elle s'étendait quand son dos était douloureux, la large baie vitrée.

Elle ne ferait qu'une courte pause avant de se diriger d'un pas décidé vers son instrument et de s'asseoir sur la banquette; elle effleurerait doucement le vieux bois du couvercle, qu'elle soulèverait pour découvrir les claviers, irrésistiblement attirée par les touches; elle ressentirait la souplesse de leur surface d'ivoire, en soulevant légèrement la main, ou la maintenant, à l'écoute de l'accord et de ses prolongements. Son pied appuierait sur la pédale, et rejaillirait aussitôt la vive netteté du thème, enclos dans un nuage de notes d'accompagnement, l'essence de la musique, que seul un clavecin peut distiller.

Il serait sans doute midi, midi au plus tard, mais peut-être plus tôt quand elle pourrait jouer, à nouveau. Ses doigts ne lui obéiraient pas; elle s'y était résignée. Pourtant elle avait essayé de les garder souples durant ses années d'internement, en s'exerçant en silence. Elle connaissait ses partitions, elle les connaissait par cœur, elle les avait tant de fois scandées. Elle savait aussi qu'au début ses exercices seraient hésitants, le délié des doigts lâche, leur placement raide, leur rythme pauvre. Mais elle retournerait à son clavier, elle pourrait plaquer les accords quand elle le voudrait, déchiffrer une mélodie, composer un arrangement, et avec les jours reviendraient les longues matinées et les après-midi passées à son instrument. Ses doigts réapprendraient à manier les touches peu à peu; et son don renaîtrait, capable de traduire en musique le son pur qu'elle forme en elle-même. Ça viendra! Ça viendra! Ça reviendra! Et en songeant à cela, elle entreprit de rassembler les volumes sur les étagères, un ou deux à la fois, et à les déposer dans la valise ouverte sur le lit, les rangeant soigneusement, allant et venant, vive, sereine, heureuse.

Quand elle eut rangé tous ses livres et partitions et eut fermé la grande valise, puis l'eut péniblement tirée du lit et posée sur le sol, elle disposa deux valises plus petites sur les deux chaises de la chambre et débarrassa l'armoire. Deux vieilles robes de chambre, quelques robes, plusieurs paires de richelieux, une paire d'escarpins qu'elle n'avait portés qu'une fois : peu après son arrivée à l'hôpital, où elle avait glissé et était tombée.

On les lui avait confisqués – et elle ne les avait pas revus pendant des mois – ainsi que ses ciseaux de manucure, sa montre, son stylo, sa lime à ongles, tous ces petits objets auxquels elle était habituée, qui lui étaient utiles, mais qu'ils lui avaient retirés avec autorité : « Vous n'en avez pas besoin en ce moment, n'est-ce pas ! » Et pourtant elle en avait besoin – mieux encore, elle les voulait. Mais elle avait appris que protester ne servait à rien, qu'ici ils avaient leurs habitudes, leurs méthodes, et Basil affirmait qu'ils savaient ce qu'ils faisaient. Avec les chaussures et les robes, l'armoire abritait le manteau qu'elle avait porté cet hiver pour la première fois lors de longues promenades en compagnie de Martha et de Mary. Quelques chapeaux et c'était tout. Elle en fit trois ou quatre brassées, qu'elle laissa tomber dans les deux valises, les étalant prestement, adroitement, avec beaucoup moins de soin qu'elle n'en avait eu pour ses livres et ses partitions, sachant qu'elle ne les porterait plus, sauf peut-être chez elle – la mode aurait sûrement changé. Il lui faudrait racheter tant de choses.

Elle vida le tiroir de l'armoire métallique blanche où elle avait rangé ses bas, ses sous-vêtements et autres petites affaires, les rassembla en vrac dans un sac et fit jouer le fermoir rapidement, sans hésitation. Debout au milieu de la pièce, elle regarda autour d'elle pour vérifier si elle n'avait pas oublié des choses qui lui appartenaient et qu'elle désirait conserver. Non qu'il y en ait jamais eu beaucoup. La radio, elle l'avait donnée à Mary des mois auparavant, parce que les seules stations qu'elle pouvait capter ne diffusaient que des programmes insupportables, des séries dramatiques, du jazz, de la publicité et des informations. Pourtant elle lui avait été bien utile lors des jours de rémission. Quand elle avait été autorisée à revoir Basil, il lui avait apporté ce petit poste avec son cadran lumineux et sa caisse vernie. Ces jours où le simple fait d'entendre une voix avait été un réconfort. La voix d'un étranger, avec la chaleur et l'amabilité factice d'un étranger, une voix humaine évidemment mais celle d'un inconnu qui n'était pas concerné par elle, qui ne pouvait pas former de projet pour elle. Il y avait aussi ces photos que Martha, sur sa demande, avait découpées dans les magazines et qu'elle avait fixées au mur. Un dessin de Picasso, une reproduction en quadrichromie de l'un des modèles aux cheveux auburn de Renoir, un austère dessin de Mondrian et un dessin de Vinci, un projet de machine volante. Elle les avait enlevées, déchirées et jetées la veille au soir, sachant qu'aucun malade ou infirmière n'en voudrait, qu'elles avaient eu leur raison d'être en lui rappelant l'ordre qui existait toujours dans le monde, et auquel elle devait participer, mais qu'à présent elles avaient cessé d'être utiles. Elle serait bientôt de retour chez elle, entourée des tableaux que Basil et elle avaient achetés ensemble; il était donc possible de détruire ces substituts. Il ne restait rien sinon les tentures monacales des fenêtres qu'elle hésitait à enlever; retirées, elles dénuderaient la pièce, rendraient plus évident son mutisme, amplifieraient ses carences. Tout en sachant qu'elle n'avait pas à s'en soucier, que ce qui allait suivre ne la concernait pas, elle ne pouvait s'empêcher de penser au prochain occupant, ni de projeter sur celui-là le désespoir, la solitude, la peur qu'elle avait ressentis en entrant dans cette pièce quand, pour la première fois, elle avait vu ses murs verts, son lit haut perché, ses fenêtres garnies de grillage et compris alors que c'était une boîte close, une cellule, une tombe pour les vivants. Elle se souvenait des nuits de veille, luttant contre les calmants qu'on lui avait administrés, de ces nuits où elle suivait le clair de lune brisé en fragments brillants par les entrecroisements du grillage, rampant sur le sol, les murs, le lit, et la menaçant. Et elle se rappelait les éclats tranchants du soleil par les journées lumineuses qui poignardaient ses yeux telles des dagues. Elle décida alors de ne pas retirer les tentures des fenêtres puis s'approcha de l'autre chaise, se pencha sur la deuxième valise, en fit claquer le rabat, manœuvra les serrures et les ferma à clef.

Quelques minutes plus tard, Mary lui apporta son petit déjeuner, petit déjeuner familier, qu'elle avait ingurgité de nombreuses fois auparavant : jus d'orange frais, mais sentant la boîte de conserve, flocons d'avoine épais, chauds et gélatineux, deux tranches de pain complet et un morceau de beurre d'un jaune luisant, du café avec une petite bouteille de crème et un gros morceau de sucre enveloppé qu'elle ne prenait jamais, mais qu'elle trouvait à chaque fois dans la soucoupe. Le visage de Mary était aussi éclatant que d'ordinaire. Ellen s'imaginait qu'après s'être lavée, elle devait se frotter avec une serviette jusqu'à ce que le visage luise comme de l'argenterie de bazar. Ses cheveux gris fer, nets, telle une bobine de fil métallique, gonflaient sa coiffe, formant comme d'habitude chez elle des bosses ici et là. Ce matin, il semblait à Ellen que le sourire de l'infirmière était moins contraint qu'à l'accoutumée, que les gestes rapides de ses mains trahissaient une certaine nervosité, provoquée peut-être par l'émotion que Mary, tout comme elle, ressentait : la joie devant la venue de Basil et de son retour chez elle.

— Le Dr Danzer sera un peu en retard ce matin, madame Purcell, dit Mary. Où dois-je poser le plateau, là sur la table?

Ellen traversa la pièce en hochant la tête, et prit le verre de jus d'orange avant que l'infirmière ait pu poser le plateau, avalant en longues gorgées le liquide frais pour ne pas reconnaître le goût qu'elle n'aimait pas.

— Je rentre à la maison aujourd'hui, Mary.

Elle savait que c'était inutile, mais elle désirait dire ces mots à haute voix, simplement pour entendre leur son merveilleux, comme elle aurait pu répéter toujours et toujours un air de Mozart, parce que l'entendre la rendait heureuse.

L'infirmière approuva vivement, les rides autour de ses yeux se plissèrent et Ellen vit qu'elle était détendue, que pour une fois, enfin, Mary se tenait devant elle comme une personne neutre, sinon comme une amie.

— Vous allez nous manquer, madame Purcell, fit-elle, et en disant cela elle souriait pour de bon. Vous êtes notre malade préférée, savez-vous?

Ellen prit une cuillerée de flocons, en baissant les yeux sur le plateau pour que l'infirmière ne vît pas combien elle était enchantée d'entendre ça.

— Vraiment, dit-elle. Je l'ignorais.

Elle n'en doutait pas mais, de manière un peu puérile, elle espérait entendre d'autres compliments.

— C'est ce que dit le Dr Danzer.

Ellen laissa la cuillère retomber et tinter sur le bord de l'assiette et se retourna pour voir qui venait de parler. C'était Martha, sur le seuil de la porte, elle souriait aussi; de toute façon, Martha avait toujours le sourire.

Les deux infirmières étaient bien différentes. Martha, grande, jeune et blonde, avait un joli visage qu'elle maquillait soigneusement, et ce genre de grâce qu'un corps longiligne donne aux mouvements et que l'on rencontre plus facilement chez un modèle ou une actrice que chez une infirmière. Mary, courte, lourde et ferme, jeune bien que plus âgée que Martha, était rapide et machinale dans ses gestes, sérieuse et toujours vigilante. Pourtant entre elles, ce n'étaient pas les différences que l'on distinguait, mais bien les ressemblances.

Une présence de tous les instants, toujours sur le qui-vive, toujours attentives. Même lorsque Ellen ne les voyait pas, elle savait qu'elles étaient dans les parages. Elles vous surveillaient sans arrêt quand elles se trouvaient là, leurs regards étaient sur vous quoi qu'elles fassent. Ellen en avait été agacée et leur en avait gardé rancune à une époque. Elle s'était sentie isolée comme un prisonnier du reste de l'humanité. Ce matin, même si elle savait qu'elles n'avaient plus aucune raison de la considérer autrement qu'amicalement, Ellen cherchait à surprendre leur vigilance et fut soulagée de les découvrir plutôt distraites; pourtant elle restait attentive, comme peu assurée de ce nouvel état des choses.

Martha était entrée dans la chambre et s'était approchée de la table. « Si seulement elle voulait bien me tourner le dos! pensait Ellen, alors je serais certaine qu'elle ne me garde plus! » De nouveau, elle baissa les yeux sur son assiette et reprit sa cuillère; cette fois elle porta à sa bouche un peu de porridge et avala la pâte gluante. Martha continuait à bavarder d'une voix naturelle, agréable et confiante :

— Oui, le Dr Danzer nous a dit l'autre jour que vous étiez son « triomphe », qu'il n'avait jamais vu un

21

malade réagir si bien à son traitement et réussir un rétablissement aussi parfait.

Cette infirmière avait une façon d'appuyer les mots qu'Ellen avait souvent jugée pénible. Elle en accentuait certains, non à cause de leur position dans la phrase, comme Ellen aimait à le faire elle-même, mais pour en souligner la signification. Martha parlait comme si elle s'adressait à un enfant. Même si elle ne répétait pas ce qu'elle disait, l'effet produit par ses paroles était celui d'une répétition, d'un conseil, d'une pédagogie et, sous cette insistance, Ellen discernait l'intonation de l'autorité, l'amorce d'un commandement.

Elle cessa de regarder son assiette, et les vit toutes deux, la grande et la petite, debout près d'elle.

– C'est gentil de dire ça, remarqua-t-elle, mais comment ne pas guérir avec une cure de cette qualité.

Ellen le pensait et comprit que c'était ce qu'elle devait dire; un gage de pondération, de calme, de fermeté. Toutes qualités qu'elle n'avait jamais manifestées. Mais d'une façon subtile, c'était également un mensonge, une contre-vérité qu'elle trouvait gênante.

Elle les aimait bien, Mary et Martha. Jamais elles ne s'étaient montrées hostiles; il était également vrai qu'elle était enchantée à l'idée de ne plus jamais les revoir : leur fonction, leur zèle représentaient pour une bonne part cette vie qu'elle allait fuir, tout comme les grillages aux fenêtres.

– Il y en a qui n'y arrivent pas, dit Mary, et elle pinça les lèvres pour ne pas en dire davantage.

Puis, comme un équipier vient au secours d'un camarade afin de rattraper une maladresse, Martha brisa le silence :

– Le Dr Danzer nous a dit que vous alliez vous remettre à la musique et donner des concerts. Vous nous enverrez des billets pour votre premier récital?

— Oui, c'est promis, dit Ellen, en avalant plusieurs cuillerées de porridge. Et pour le tout premier concert que je donnerai. Mais je vous préviens, ça ne vous plaira peut-être pas. Mes doigts sont si rouillés. J'ai peur d'avoir perdu l'entraînement.

Et tout en parlant, elle réfléchissait. Que voulait dire Mary par : « Il y en a qui n'y arrivent pas »? Faisait-elle allusion à ceux qui ne guérissent jamais? Évidemment, c'était possible, et elle le savait. Ou bien l'infirmière la plus âgée était-elle partie pour dire — puis par discrétion s'était tue — que certains semblaient guéris, mais rechutaient, que certains ne retrouvaient pas durablement leur équilibre, que les anciennes peurs revenaient et, avec elles, la maladie?

De façon impulsive, par bravade, pour s'éprouver elle-même et mesurer la force de sa volonté plus que par nécessité, Ellen demanda :

— Martha, avant que je parte (elle s'arrêta et se mit à rire comme pour faire croire à une plaisanterie), je voudrais que vous m'accordiez une faveur. Je voudrais que vous me tourniez le dos, toutes les deux, Martha et vous, Mary, et que vous restiez ainsi pendant plus d'une minute!

Martha sourit sans rien dire, Mary ne souriait pas. Toutes deux la regardaient en silence, pas longtemps, et pourtant ça lui parut long, le temps de prendre une autre cuillerée de porridge. Elle baissa les yeux, se disant qu'elles voudraient peut-être échanger un regard, pour accorder leur réaction selon qu'elles jugeaient la chose sage ou non. Mais à peine avait-elle les yeux baissés qu'elle se força à les relever. Si elles s'étaient consultées, il ne pouvait s'agir que d'un rapide coup d'œil. Pourtant elle devina qu'elles s'étaient entendues car Martha souriait toujours. Quoi qu'il arrive, Martha gardait le sourire.

— Mais bien sûr, si ça vous fait plaisir, fit Mary, mais je ne vois pas en quoi?

Elle n'en fit rien, pas plus que Martha. Toutes deux restaient là, à la regarder, attendant une explication, en souriant. Et Ellen comprit qu'une fois de plus il lui faudrait s'expliquer.

— C'est idiot, je sais, dit-elle, mais depuis que je suis ici, je me suis aperçue que lorsque l'une de vous entrait dans ma chambre, elle ne me tournait jamais le dos. J'en connais la raison et je ne vous en blâme pas. Mais aujourd'hui, vous voyez — et elle tendit ses mains, les doigts courbés, écartés comme pour plaquer un octave tout en sachant que son geste découvrait sa nervosité, mais incapable de le retenir —, ce que je voulais dire, c'est que je me sentirais tout simplement mieux, maintenant que je rentre à la maison, si toutes les deux vous vous retourniez.

Elle leva les yeux en finissant sa phrase, et cette fois elle les vit échanger un regard. Puis Martha fit en souriant :

— Bon, je crois que c'est un peu idiot, mais si vous insistez.

Et elle commença à se retourner, puis hésita. Mary déclara :

— Mais bien sûr nous pouvons le faire si vous y tenez.

Elle aussi commença à se retourner et s'arrêta. Ellen vit que, pour une raison quelconque, sa demande était par trop étrange, que le simple fait de l'avoir formulée avait eu raison de leurs dispositions amicales, qu'à présent, même si elles étaient peu sûres de leur diagnostic, elles la considéraient à nouveau comme une malade quelconque. Leur méfiance était revenue, pas d'un seul coup, mais graduellement. C'était flagrant.

Elle rit donc, de nouveau, plus nerveusement encore et fit :

— Non, je ne désire pas que vous vous retourniez. C'était idiot de ma part. Ce n'est vraiment pas nécessaire.

Et Martha répliqua :

— Mais nous pouvons, si vous nous le demandez.

Puis Mary consulta sa montre et enchaîna :

— Je suis en retard et j'ai tous ces repas. Martha, il va falloir m'aider!

Et de nouveau Ellen se mit à rire en les regardant quitter la chambre, mais elle ne toucha plus à son porridge.

Après avoir bu son café, elle eut envie d'une cigarette. Elle alla chercher le paquet dans son sac, en prit une, et la porta à ses lèvres avant de s'apercevoir qu'elle n'avait pas d'allumettes. Aucun malade n'avait droit aux allumettes, même le jour où ils rentraient chez eux. Elle pouvait sonner l'infirmière qui lui apporterait une allumette et resterait près d'elle jusqu'à ce que la cigarette soit fumée et soigneusement éteinte. Elle ne voulait pas être réduite à cela. Elle se dirigea donc vers la fenêtre, se plaça de manière à pouvoir, à travers le grillage, contempler la pelouse, l'allée qui menait au portail, les ormes.

Elle voyait le ciel profond, bleu pâle, du milieu de l'été. Le feuillage des ormes avait foncé sous la chaleur du soleil, l'herbe rare était marquée de taches brunes pelées; nous n'étions qu'en fin juillet, et déjà la saison avait semé les graines de sa propre destruction. La chaleur du jour avait commencé à s'infiltrer dans la chambre, elle en ressentait les bouffées, et quand elle porta la main à son front, elle la retira moite de sueur,

25

elle se dirigea vers le lavabo et passa un gant de toilette sous le robinet, puis le pressa sur son visage. Elle se repoudra et rehaussa un peu le rouge de ses lèvres en s'approchant du miroir. Elle vérifia que sa coiffure était en ordre, que ses yeux étaient toujours du même bleu transparent; il n'y avait que très peu de rides. Ses lèvres étaient pleines, son menton bien dessiné, sa peau douce. « Mais que vaut mon appréciation sur mon physique! se demanda-t-elle. S'il y a un changement, il se fait jour après jour. Je m'y habitue, et bien qu'au long des mois et des années mon visage mûrisse, s'empâte, perde sa jeunesse, cette infime avancée de l'âge, jour après jour, je ne la vois pas, je l'ignore. »

Songeuse, elle ramassa les affaires de toilette qu'elle avait oubliées et les rangea dans une valise qu'elle referma d'un claquement sec. Puis, désœuvrée, elle fut plus que jamais consciente qu'il n'était que sept heures et demie. L'infirmière avait dit que le docteur serait en retard, que même si Basil arrivait tôt, il ne serait pas autorisé à monter la voir avant qu'elle n'ait vu le docteur, que celui-ci n'ait signé sa décharge; il s'écoulerait plus d'une heure avant qu'elle puisse rentrer chez elle. Ses livres étaient emballés, ainsi que ses partitions. Plus rien à lire par conséquent! Si elle demeurait là à ne rien faire elle allait se rappeler tous les incidents survenus lors de sa cure et sombrerait dans la mélancolie. Pour l'instant, son bonheur ne l'avait pas quittée, elle ne faisait que sentir la montée des périls. En fait la seule chose raisonnable eût été d'ouvrir une valise et d'en sortir un livre. Mais faire ses bagages représentait ce moment symbolique qui marquait la fin de sa vie dans cette chambre; en ouvrir une pour ranger ses produits de beauté l'avait déjà contrariée. Non, elle ne lirait pas. Elle savait ce qu'elle allait faire, elle allait rendre visite à Ella, lui dire au revoir.

Ellen s'approcha de la porte, et posa sa main sur la poignée, la fit tourner – elle s'attendait à moitié à ce qu'elle résiste, tout en sachant que depuis des mois, ils ne l'avaient pas enfermée –, entendit le déclic rassurant et ouvrit la lourde porte. Elle la poussa à fond, pressant sur le mécanisme qui la maintiendrait ouverte comme le voulait le règlement. Puis elle s'engagea dans le long couloir aux murs verts et au sol dallé jusqu'à la chambre d'Ella. Sa porte était également ouverte, elle entra sans frapper.

Ella était assise dans son fauteuil près de la fenêtre, le visage tourné vers le soleil, son grand corps flasque affaissé, pendant qu'un aide-soignant lui faisait prendre son petit déjeuner. Ellen s'arrêta sur le seuil, attendant que l'aide lui fît signe avant de s'approcher de la vieille femme obèse. Ellen éprouvait pour elle une fascination que n'expliquait pas entièrement la ressemblance de leurs noms ainsi qu'avait tenté de l'expliquer le Dr Danzer, toutefois elle acceptait pour une part cette hypothèse. L'hiver dernier, quand cette malade avait été admise à l'hôpital, elle avait entendu les infirmières et les aides soignants parler d'Ella, de ses accès de violence, de son bilan de santé désastreux. Et quand elle avait entendu son prénom pour la première fois, elle avait pensé au sien, « Ellen », et elle avait pris peur. Pendant des jours, elle avait caché cette peur au Dr Danzer, mais il en avait déjà découvert les effets sur sa personnalité, et il lui parla longuement de cette association de mots, s'intéressa davantage à ses rêves. Aujourd'hui elle souriait de ses frayeurs, mais à l'époque, elle avait pensé que les symptômes d'Ella, ceux dont elle entendait parler, étaient les siens, et qu'elle manifestait des accès de violence oubliés ensuite. Elle avait fini par avouer ses craintes au Dr Danzer et pour les apaiser il l'avait emmenée voir Ella en lui disant :

– Pour vous montrer que lorsque nous disons « Ella » nous ne pensons pas « Ellen ».

En traversant la chambre, elle se souvint de sa première entrevue avec Ella. La lourde silhouette affaissée sur le lit sous un amas de couvertures, les gesticulations de ce corps informe, le souffle haletant et la surprenante impassibilité du visage noyé dans ses tourments, les masses grises des joues, les grosses lèvres épaisses, les yeux gris fixes et larmoyants. Sa première réaction avait été la répulsion, puis le soulagement, puis la pitié. Le Dr Danzer lui avait un peu parlé d'Ella. Comment elle avait été une femme d'affaires accomplie avec des tas d'amis, aimant la vie, la gaieté, comment l'alcool avait d'abord été un plaisir, puis une passion et maintenant une obsession. Elle avait fait plusieurs cures dans des établissements moins renommés, d'où elle était ressortie, et la fiesta avait dégénéré, il y avait eu des complications, des dégradations. Jamais elle n'avait subi le test de Wasermann, lui fit remarquer le docteur, avant que des amis ne l'amènent ici.

– Elle est sous traitement, mais évidemment, bien que nous puissions arrêter l'évolution de la maladie, nous ne pouvons pas espérer réparer ce qui a été détruit.

Elle avait pris l'habitude de rendre visite à Ella plusieurs fois par semaine, de s'asseoir à côté du lit ou du fauteuil près de la fenêtre, d'observer son visage inexpressif. Maintenant, Ella était rarement violente, et passait la majeure partie de la journée à la fenêtre. Pourquoi y prenait-elle tant de plaisir? Ellen n'en savait rien. Elle avait néanmoins remarqué que son regard cherchait, trouvait le soleil, qu'il le suivait et que son expression changeait seulement par les jours d'ensoleillement et alors quelque chose qui aurait pu ressembler à un sourire l'animait. La grande femme ne proférait presque jamais un son et, quand cela se produisait, cela tenait davantage du murmure. Pour Ellen son visage était aussi mystérieux que la mer; ce masque d'impassibilité, elle en était sûre, n'était que la surface d'un univers profond aux tumultes divers. Contempler ces méplats et ces courbes, ce regard vide, cette bouche béante, puis aller reprendre son miroir, scruter ce que révélaient sa propre chair ferme, sa mine, c'était comme raffermir sa foi en sa propre conscience. Elle allait donc voir Ella quand elle doutait d'elle-même, quand elle avait peur.

Aujourd'hui, Ella était surprise en train de déjeuner. On la faisait manger et Ellen savait que sa présence dérangeait l'aide-soignant. Mais il lui avait adressé un signe de tête, elle avait donc traversé la pièce jusqu'à la fenêtre pour observer la géante assise et le jeune aide en blouse blanche qui prenait une cuillerée de porridge et l'élevait jusqu'à la bouche ouverte. Ellen fixait du regard les larges mains charnues qui agrippaient les bras du fauteuil puis les relâchaient, les agrippaient, les relâchaient, comme un bébé qui serre et desserre sa main du sein de sa mère tout en tétant. Pour le reste néanmoins, Ella n'avait rien d'infantile, son impassibilité semblait plutôt la manifestation d'une maturité plus qu'humaine, elle exprimait une sérénité d'apparence divine. En fait, ses traits n'étaient pas différents de ceux de Bouddha; bien qu'elle ne fût pas assise les jambes croisées, elle était suffisamment imposante, suffisamment mystérieuse pour lui ressembler. Quand elle était calme, elle semblait pétrifiée; le mouvement de sa tête et de son regard vide qui suivait le soleil n'était que précision, comme l'allongement d'une ombre sur un cadran solaire, comme la lente progression de la petite aiguille d'une pendule, d'un chiffre à l'autre. « Ils prétendent qu'Ella n'a plus aucune perception des réalités, pensait-elle, mais alors pourquoi ses yeux suivent-ils le soleil? Cette attitude ne prouve-t-elle pas le sens du passage du temps, la perception de la destruction continue et graduelle de la vie? Est-ce que ce ne serait pas la preuve qu'elle comprend, qu'elle est encore consciente mais qu'elle a simplement perdu le pouvoir de coordination, de contrôle de ses muscles hormis ceux de sa tête et de ses yeux? Si c'est le cas, alors tenir sa tête droite, suivre le soleil seraient sa manière de nous faire comprendre sa grande détermination à vivre. Et il se pourrait que sa violence ne soit qu'un spasme exaspéré, désespéré, une désastreuse affirmation de son état. Et alors sa faiblesse d'esprit est une tragédie pour elle aussi bien que pour nous. »

Quand l'infirmier eut fini de donner son repas à la malade, il lui essuya le visage avec cette tendresse brusque, si masculine, prit le plateau, et offrit sa chaise à Ellen. Elle s'y assit, le dos tourné à la fenêtre, et contempla le visage impassible de la femme, essayant d'imaginer ce qu'il avait été quand elle était une femme d'affaires avisée, entourée de nombreux amis. Ce visage avait toujours dû être imposant. Cela était visible à ses contours, à la forme du crâne, à la structure osseuse. Et elle inclinait à croire qu'il avait toujours eu certaines particularités propres à ce masque d'aujourd'hui. Pas au même degré, et avec de grandes différences. Il avait dû y avoir un masque joyeux, un masque grave et peut-être un masque boudeur. Mais Ellen était presque certaine que celle qui s'appelait presque comme elle n'avait jamais montré ses véritables émotions; elle avait été trop rouée pour ça, trop affairée. Et n'avait-elle pas été une bonne vivante? N'avait-elle pas eu de nombreux amis? Par conséquent ce qu'elle voyait en la regardant aujourd'hui n'était pas une dégradation, mais un accroissement, une intensification. Le conflit latent en lequel – le Dr Danzer en était persuadé – se trouvait la cause première de la dépression, et non l'alcool, restait aussi bien caché aujourd'hui qu'il l'avait été alors, et ce conflit, Ellen le sentait intuitivement, était l'âme de cette enveloppe. Comment sonder de tels abîmes et les mettre à nu? Où se trouvaient l'indice, la clef, la brèche? Ellen le pressentait également, c'était flagrant pour quiconque observait cette étrangeté, ce côté comédie : le regard de la femme et son habitude de suivre le soleil. « C'est quelqu'un, pensait-elle, qui a entrevu la marche du temps, qui n'en ressent plus l'angoisse, qui ne fait qu'un avec le génie de sa ruine. »

Tout en y réfléchissant, elle regarda sa montre et vit qu'il était huit heures passées. Avant de se retirer, car elle ne voulait pas être absente de sa chambre quand le docteur arriverait, elle détailla encore une fois Ella, son silence, son mystère. Elle savait que d'une certaine façon Ella lui avait donné du courage, avait fait naître un espoir. Elle se souviendrait tendrement de ce calme qui pouvait être si violent. Elle passa la porte, traversa le palier, se dirigea vers sa chambre. Le Dr Danzer était là, à l'attendre.

Il se trouvait debout près de la fenêtre, une main sur l'une des tentures, le corps à demi tourné vers elle, un regard pensif posé sur elle. C'était un homme petit, lent, d'une grande bonté. En entrant dans la chambre et en s'approchant de lui, elle éprouva cet étonnement si souvent ressenti lorsqu'elle se trouvait en sa présence. Une fois de plus elle remarquait la fragilité de sa stature, la petitesse de ses mains et de sa tête, l'apparence de jeunesse de ses traits. Son regard noir derrière des lunettes d'écaille avait de l'intensité, et exprimait la capacité de sentir la douleur – regard que l'on attend de l'adolescent –; sa bouche était sensible, ses lèvres

31

gardaient une expression indécise, comme si ce qu'il allait dire était une hypothèse et qu'il n'était pas plus assuré sur son état d'esprit que sur celui des autres. Quand il parlait, ainsi qu'il le faisait présentement, ce vague, cette indécision cessaient. Ses paroles étaient justes, énoncées avec détermination et précision, avec calme, révélant la logique qui dictait ses mots, le savoir derrière la raison, l'intuition derrière ce savoir. Ellen s'était toujours sentie protégée par cet homme. Elle l'avait aimé pour lui-même autant que pour le sentiment de sécurité qu'il inspirait. Et elle l'aimait encore davantage en cet instant, au point d'avoir envie de crier sa joie quand il avait prononcé les mots, *ses* mots qui signifiaient tant pour elle. Comment avait-il eu l'idée de les dire, elle l'ignorait, mais ce n'était pas ça l'important, ce qui comptait c'était qu'il les eût prononcés, lentement, distinctement en faisant d'eux le symbole de sa liberté.

— Eh bien, Ellen, dit-il, c'est le grand jour!

Elle resta près de lui, le regardant sans oser parler, se sentant proche de lui, proche comme le serait un ami. Il y avait beaucoup de choses qu'elle aurait voulu dire, qu'elle avait envisagé de dire en cet instant. Elle aurait voulu qu'il sache combien elle l'avait détesté au début, haï, rejeté de tout son être; comment elle en était arrivée peu à peu à attendre ses visites, avait appris de lui à se moquer de la trahison de sa propre raison, et à retrouver sa totalité, son intégrité, et comment elle s'était habituée à analyser toutes ses motivations, toutes ses raisons d'agir, à interroger la moindre de ses pulsions, à s'étudier comme elle aurait pu le faire pour un rôle dans une pièce, se critiquant, s'analysant. Quand le moment était arrivé, il avait parlé le premier, il avait miraculeusement usé de ses propres paroles et exprimé ses propres sentiments. Elle n'avait plus rien à dire.

Il n'en avait pas terminé pour autant. Il glissa une main dans sa poche, tourna le dos à la fenêtre de manière à regarder Ellen bien en face.

– Avez-vous bien dormi la nuit dernière?

Il avait posé la question; le rituel habituel recommençait donc, elle pouvait lui répondre franchement :

– J'ai très bien dormi, bien que j'aie mis longtemps à m'endormir. J'étais trop énervée, trop anxieuse du lendemain, mais lorsque j'ai réussi à trouver le sommeil, j'ai dormi comme une souche.

– Des rêves?

Il avait sorti son bloc-notes et le petit crayon sur lequel le plaqué or usé par endroits laissait voir le métal.

– Je n'ai pas fait un seul rêve de la nuit.

– On rêve toujours, réfléchissez. Je suis sûr que vous vous en rappellerez.

Elle réfléchit. Et elle se souvint d'une chose. Ça lui revenait comme à l'accoutumée : visuellement d'abord, une forme qui fuyait et qu'elle percevait vaguement, ce qui l'irritait. Mais elle ne la laissa pas échapper. Elle refusa de la laisser fuir, elle s'y accrocha, se demandant : « Était-ce noir? Était-ce gros? Était-ce quelqu'un? Un homme ou une femme? Qu'est-ce que cela faisait là? Était-ce quelque chose qui lui arrivait? A elle ou à quelqu'un d'autre? » Et tandis qu'elle s'interrogeait, l'image toujours insaisissable ne disparaissait pas. Elle s'exprimait parfois en mots hachés, parfois en propositions entières, puis en une phrase ininterrompue comme une mélodie qui se serait formée en elle, et dont le son s'amplifierait peu à peu. Elle essayait de la reconnaître en la divisant par intervalles.

– Qu'avez-vous rêvé? demanda-t-il.

– J'ai rêvé. J'ai rêvé (elle était sûre d'elle maintenant, elle allait pouvoir le dire), j'ai rêvé que je jouais.

Ce que je jouais, je ne sais pas. C'était sur un instrument grand et encombrant qui ne cessait de se dérober. Je plaquais mes doigts dessus, je m'y agrippais pour l'empêcher de fuir. J'essayais de jouer mais la mélodie ne venait pas. J'entendais la mélodie dans ma tête, c'était étrange, je la voyais danser sous mes yeux. Je ne sais comment expliquer ça. Ce n'étaient pas des notes que je voyais, pas vraiment mais une sorte de flux, une rayonnante et sinueuse rivière de sons. Je sais que ça paraît bizarre, mais dans mon rêve tout semblait naturel. Je continuais à jouer, ou à essayer de jouer cet air, vous voyez. Et l'instrument, un instrument volumineux mais pas aussi grand qu'un piano, s'entêtait à vouloir me fuir. Et je ne pouvais pas jouer cet air, même en essayant de toutes mes forces, je ne pouvais pas!

— Quel était le nom de l'instrument?

— Un clavecin, répondit-elle, à peine surprise d'avoir su répondre car ça lui était souvent arrivé. Et maintenant, je me souviens, il était très particulier, il me plaisait à cause de cela. Et je suppose que c'est la raison pour laquelle il m'était si difficile de jouer cet air. Ce clavecin n'a qu'un seul... un seul...

Elle s'arrêta, le regarda, se mit à rire.

— Bloquée? demanda-t-il.

— Oui, je ne sais pas pourquoi. Je l'avais juste sur le bout de la langue.

— Essayons une association d'idées. Dites ce qui vous vient immédiatement à l'esprit. Vert?

— Pelouse.

— Portail?

— La maison.

— Basil?

— ...

— Basil?

— ...

— Bloquée? demanda-t-il.

— Oui, c'est vrai, je ne sais pas pourquoi.

— Clavier?

— Piano.

— Clavicorde?

— Un seul, Basil.

Il la regarda, sourit et détourna le regard. Il continuait à sourire, elle le voyait bien, mais pourquoi avait-il détourné les yeux?

— Pourquoi avez-vous dit : un seul, Basil?

— Parce qu'un clavicorde n'en a qu'un. Oh! je veux dire, clavier *. C'est ce qui était le plus étrange avec le clavecin de mon rêve, c'était un clavicorde. Un seul clavier, un seul homme, Basil. Je rêvais de Basil. Et de musique, et avec quel sérieux il me faudrait m'y remettre. C'est tout ce qui s'y passait. Mais pourquoi me suis-je bloquée?

— Parce que vous ne vouliez pas que je le sache, dit-il. Parce que Basil est votre mari.

Elle le regarda, inquiète, puis se mit à rire. Il rit également.

— Je crois que le moment est venu de rentrer chez vous, madame Purcell.

Le docteur s'écarta de la fenêtre et d'elle afin de regagner la porte. En le voyant partir, elle se sentit abandonnée, sa gorge se serra, un vide se creusa en elle. C'est ce qu'un enfant doit éprouver, pensa-t-elle, quand son père s'éloigne pour la première fois, le laissant seul et que l'enfant sait qu'il devra ou marcher ou tomber. A cette évocation, ses lèvres se crispèrent, elle grimaça.

* L'anglais dispose de plusieurs termes pour clavier : keyboard, clavier, manual. C'est ce dernier « manual », qui permet une association d'idées avec « man » (homme), et qui renvoie à Basil. Jeu de mots intraduisible en français.

Elle était indépendante du Dr Danzer. Elle le savait et il le savait. Pourtant, elle avança d'un pas, attirée par lui, à l'encontre de sa propre volonté, et s'arrêta lorsqu'elle remarqua la manière dont il la regardait : un sourire persistait sur ses lèvres tandis que ses yeux sombres la jaugeaient.

— Votre mari doit être en bas en train de s'occuper des formalités, dit-il. Je vais voir si je peux accélérer un peu les choses.

— Il y a des formulaires à remplir, je suppose, fit-elle, non parce que cela l'intéressait, mais par besoin d'échanger quelques mots de plus, pour les retenir encore, lui et sa sollicitude.

— Le bureau de l'administration doit être ouvert, admit-il. (Puis en faisant claquer les doigts.) Oh! J'oubliais! Vous venez me voir la semaine prochaine, n'est-ce pas? A mon bureau de New York? J'y suis les mercredis matin et les vendredis toute la journée.

— Je viendrai vous voir quand vous le souhaiterez.

Il ressortit son crayon et son bloc.

— Mercredi à onze heures? (Il leva les yeux en souriant.) Ce n'est qu'un contrôle de routine, voyez-vous. Nous pourrons bavarder. Je pense que nous devrons nous voir encore pendant quelque temps.

— Onze heures, ce sera parfait.

Ainsi, il lui faudrait le revoir. Maintenant qu'elle en avait la certitude, elle en concevait du désarroi. Elle se trouvait à l'extrémité d'une longue corde avec pas mal de mou, mais à tout instant la corde pouvait se tendre. Pourtant, comme toujours il avait raison. Il lui faudrait le revoir.

Après avoir rangé son bloc-notes, son vieux porte-mine, et rentré sa main dans la poche, il s'acheminait vers la porte quand, à nouveau, il s'arrêta.

— Puis-je vous poser une question?

— Bien sûr.

Elle s'étonna de ce préalable. En deux ans, il l'avait questionnée et elle lui avait répondu de si nombreuses fois! Alors en quoi serait-elle gênée?

— Ce matin quand vous avez bavardé avec les deux infirmières, vous leur avez demandé de se retourner, n'est-ce pas?

— Oui, c'est vrai.

— Pourquoi leur avez-vous demandé ça?

Elle prit peur. Elle sentit la corde se tendre et la rappeler. Elle humecta ses lèvres et parla calmement, sachant que ses paroles devaient être assurées et précises.

— Ce n'était qu'une plaisanterie. Je me suis réveillée ivre de bonheur. J'aurais pu dire heureuse, mais vous auriez dit ivre de bonheur. Je me sentais dans les meilleures dispositions possibles envers tout le monde. Je le suis toujours. Mais quand Mary est entrée dans la chambre, puis Martha, je n'ai pas pu m'empêcher de penser aux autres fois. Je me suis souvenue de leurs habitudes : m'observer, me surveiller, à quel point elles veillaient à ne pas me tourner le dos...

— Vous leur avez donc demandé de se retourner, dit-il, en la fixant intensément d'un regard sévère. Vous saviez que cela leur était impossible, n'est-ce pas? C'est un règlement de l'hôpital qui n'est jamais transgressé. Ça n'a rien à voir avec vous.

— C'était idiot de ma part, je le reconnais.

— Nous sommes tous un peu idiots de temps en temps.

Il cessa de la regarder et baissa les yeux.

— Bien, reprit-il. Bonne chance. Je vais descendre voir ce qui retient votre mari.

Il passa tranquillement la porte, se retourna sur le palier pour lui adresser un sourire, sortit la main de

37

sa poche, l'éleva puis la laissa retomber, comme s'il avait voulu la saluer pour aussitôt se raviser.

Elle le regarda s'éloigner en se disant combien il était gentil, si terriblement gentil! Mais lorsqu'elle prit un peu de distance comme il lui avait appris à le faire et qu'elle se mit à le juger objectivement, elle comprit que cette gentillesse faisait probablement partie de son art, de ses trucs pour obtenir un transfert, qu'elle ne savait rien de sa véritable personnalité, parce qu'il ne la lui avait jamais dévoilée. « Si je l'avais rencontré dans une soirée, si je lui avais été présentée par un ami, qu'aurais-je pensé de lui? »

Elle tourna le dos à la porte qu'il avait négligé de fermer, choisissant de la laisser ouverte, et elle s'approcha de la fenêtre. « Il est avec Basil maintenant, pensa-t-elle, il parle avec lui, du temps qu'il fait pour commencer, de moi ensuite. Comment est-ce que ça se passe entre eux? Est-ce qu'ils sympathisent? » Il faudrait qu'elle demande un jour à Basil ce qu'il pensait du Dr Danzer. Plus tard, quand cette histoire serait du passé, quand la réponse de Basil n'aurait plus d'importance, quand elle pourrait la poser comme ça, de façon futile. Elle essaya de les imaginer ensemble. Basil et le médecin; l'un grand, blond, vigoureux, l'autre petit, brun et timide. Elle ferma les yeux afin de se concentrer, mais ne réussit pas à les imaginer ensemble. D'abord elle voyait Basil, puis le Dr Danzer. C'était comme si elle les percevait avec des sens différents et elle était obligée de passer de l'un à l'autre, d'avant en arrière, sans jamais pouvoir les réunir. Ça n'avait pas d'importance, ce n'était qu'un jeu pour passer le temps. Elle allait bientôt voir Basil. Il allait traverser le couloir, passer la porte.

Tout à coup elle eut peur. Quelque chose était entré dans la pièce au moment où elle imaginait Basil franchissant le seuil, quelque chose d'ancien et de bien connu, quelque chose de dépassé et de terrible. Elle avait croisé cette chose déjà. Depuis des mois pourtant elle avait cru s'en être débarrassée pour toujours, ne plus avoir à redouter son retour. A chaque fois cela s'était produit de la même manière : inattendue, quand elle pensait à autre chose. C'était tombé sur elle, ça l'étreignait, l'enveloppait d'obscurité.

Elle lutta, avec l'envie de hurler, tout en sachant qu'elle n'aurait pas cette audace. Si elle hurlait, une des infirmières arriverait en courant, lui demanderait ce qui se passait, préviendrait le médecin. Et en elle, une part lui dictait qu'elle n'était en rien menacée, que la chose noire dont elle avait peur faisait partie du passé, qu'elle l'avait vue une fois en rêve, nettement, distinctement et qu'elle l'avait reconnue pour ce qu'elle était. Se souvenant de cela, elle se souvint aussi du moyen de vaincre sa terreur. Tout ce qu'elle avait à faire, c'était de se remémorer le rêve, de réunir tous ses efforts pour revivre cette expérience, de manière à voir ce qui l'obsédait entièrement et nettement, le reconnaître et en rire. Parce que ce n'était pas vraiment terrible. Seulement le corps de son père à contre-jour, titubant, ivre, au-dessus de son petit lit, agrandi et déformé par les ombres projetées de la lampe, et la voix de sa mère, rauque et stridente, criant : « Ne fais pas ça! Si tu touches à un seul cheveu de sa tête, je te tue! »

Mais même en identifiant la cause de sa peur, en évoquant l'image de son père, tout comme elle l'avait réellement vu lorsqu'elle avait trois ans, il lui fallait encore lutter contre sa forme présente. Une noirceur insinuante l'assaillait; une grande étoffe, chargée d'angoisse, suspendue au-dessus d'elle, menaçait de l'ensevelir. Elle se força à affronter le miroir afin d'y voir son visage, ses yeux écarquillés, sa bouche étirée, crispée, sa main pressée contre la joue, en lissant la peau, y chassant la rougeur. Et à mesure qu'elle se détaillait, repoussant la tentation de regarder par-dessus son épaule, elle eut l'impression de remonter des profondeurs, de progresser péniblement, toujours plus haut, loin des ténèbres, vers la lumière. Sa main retomba, laissant la marque pâle des doigts sur la chair à vif, comme un souvenir; ses lèvres se détendirent et elle réussit à sourire à son reflet; son souffle se calma; son corps semblait de nouveau lui appartenir. Une fois de plus, elle était entièrement, et absolument, elle-même.

Elle demeura devant le miroir, remit du fard et du rouge à lèvres, se recoiffa. Elle se rappela que Basil allait arriver bientôt – en y repensant, elle ne fut plus la proie d'une folle terreur, elle n'était pas même anxieuse – et il fallait qu'elle fût pour lui la plus belle possible. Ce serait une journée difficile pour Basil. Le premier jour en deux ans où il aurait à passer plus que quelques heures en sa compagnie. Deux ans, c'était long; des amants sont devenus des étrangers en moins de temps. Il fallait qu'elle fasse tout son possible pour lui faciliter les choses. Afin de se rapprocher de lui, elle ferait plus de la moitié du chemin. Elle prendrait du recul, comme le Dr Danzer lui avait appris, afin de se juger elle-même, de le juger lui, et essaierait d'être objective dans l'appréciation de leur relation. « Il aura changé, se disait-elle. Basil aura changé. »

Elle aussi avait changé, bien qu'elle ne pût pas dire exactement en quoi et dans quelle mesure. Allait-il la trouver très différente de la femme qu'il avait épousée? L'aimerait-il maintenant qu'elle avait appris à masquer ses craintes, à affronter les ténèbres quand elles la menaçaient, à faire face et à lutter? L'aimerait-il comme il l'avait aimée autrefois? Ou continueraitelle à sentir cette réserve qu'avaient imposée leur environnement, sa longue absence. Et dans ce difficile renouement avec leur vie antérieure, faudrait-il une heure ou deux, ou bien un mois? Peut-être n'y arriveraient-ils jamais, quel que fût l'avenir qui leur était réservé. En songeant au temps qui s'écoulait, elle regarda sa montre et vit qu'il était près de neuf heures.

Minute après minute, les heures s'étaient écoulées jusqu'au terme de son séjour dans cette chambre; bientôt ça ne serait que du passé. Elle s'aperçut qu'elle guettait un bruit dans le couloir, dans l'espoir d'entendre le pas de Basil, un pas fortement rythmé, tels les battements de tambour dans les concerts qu'il dirigeait. En même temps, elle songeait au monde dans lequel elle allait revivre, son avenir sans protection, les événements qui allaient façonner sa vie, mais sur lesquels elle n'aurait que peu de prise, les obligations. De nouveau elle considéra sa chambre, le décor familier et clos, les quatre murs protecteurs, la porte qu'elle pouvait ouvrir ou fermer, laissant entrer ou barrant les bruits des autres vies, le damier dessiné sur le sol par l'ombre et la lumière que projetait le soleil au travers du treillage de la fenêtre.

« Je vais laisser tout cet ordre derrière moi, pensa-t-elle, et entrer dans le chaos. Je ne saurai jamais ce qui arrivera d'un moment à l'autre, même si je fais semblant de le savoir, ainsi que j'ai toujours eu l'habitude de le faire. Comment vais-je me comporter? Qu'est-ce qui m'attend? Une vie s'étend devant moi, et la mort au bout. Je n'échapperai ni à l'une ni à l'autre. Il faudra que je fasse des choix, que je prenne des décisions; on n'en prendra pour moi que sur des points de détail ou qui me touchent peu. Une fois que j'aurai entendu le pas de Basil, que j'aurai vu son visage, pris son bras et passé cette porte, il faudra que je continue à avancer, à agir, à croire... croire en moi, croire dans le monde... Ai-je vraiment envie de passer cette porte, de quitter pour toujours cette chambre et son ordre rigoureux? Ne serait-il pas plus prudent de rester ici, d'accepter cet univers connu, immobile plutôt que de l'abandonner et d'être à la merci de changements perpétuels? »

Elle était là, raidie, les yeux clos, les mains plaquées sur les cuisses, les pressant douloureusement. Pendant un instant l'indécision lui vida l'esprit, elle ne pensait à rien; au bord de la conscience, sur une corde raide elle oscillait entre la lucidité et la torpeur, la pensée et son annulation, l'affirmation et la négation. Puis une image s'imposa étincelante et superbe, telle une scène que découvrent les feux de la rampe. Sa chambre, chez elle, sa salle de musique, les murs roses, le long canapé, l'élégance parfaite du clavecin. Calmement, distinctement les notes de l'aria de Bach résonnèrent en elle, et elle se vit, assise à son instrument, respirant au rythme du doux mouvement de la mélodie, protégée par une autre et plus aimable discipline. Alors elle ouvrit les yeux, délivrée de ses craintes, pour découvrir Basil debout, silencieux, sur le seuil de la porte.

2

Basil, ce fut une fanfare, une explosion de trompettes, une envolée de hautbois. Debout, à l'aise, nonchalant, l'expression détendue, il semblait prêt à sourire, et de ses beaux yeux bleus la caressait amoureusement. D'un seul regard elle le vit en son entier, comme elle s'était vue dans le miroir : le haut modelé des pommettes sous la peau hâlée, le large et tendre tracé de la bouche, l'arc accusé des sourcils et le creux marqué des arcades sourcilières, le front de marbre et la blondeur des cheveux drus. Elle s'était avancée, puis avait couru se jeter dans ses bras, la tête contre son épaule, la joue et la bouche sur la laine rugueuse de sa veste. Il l'avait serrée contre lui, l'avait embrassée, les bras autour de sa taille, prononçant son nom comme il aurait pu se le répéter à lui-même : « Ellen, Ellen ». Quand elle avait levé les yeux, il avait saisi ses lèvres, sans hésitation, ni ménagement, franchement, fermement, ardemment. Elle en avait perdu le souffle et elle s'était écartée, s'était attardée près de lui, la main légèrement posée sur son épaule, le regardant, lui souriant quand il avait souri.

— Il y a trois valises, fit-elle, sachant qu'elle n'avait rien à dire de plus important. Une grande et deux petites. Veux-tu m'aider?

Avait-elle pu la mettre dans ce tiroir? Qu'est-ce qu'une clef aurait bien pu faire dans le tiroir de son armoire de toilette. Elle n'en savait rien, mais elle devait être méthodique dans ses recherches. Il fallait qu'elle regarde partout, dans chaque recoin, dans les endroits les plus invraisemblables, si elle espérait la retrouver. Comme un tiroir longtemps inutilisé pouvait avoir l'air rebutant! Et ces bas dans leur papier de soie poussiéreux! La poudre qui s'était répandue sentait le moisi avec les années. Quelle vulgarité cette poudre rosâtre! Quand s'en était-elle servie? Non, il n'y avait pas de clef là-dedans. Pendant qu'elle y était, elle pouvait aussi bien regarder dans les autres tiroirs.

Le dallage était dur, la poignée de la valise meurtrissait la paume de sa main (elle avait insisté pour porter la plus lourde, les deux plus petites l'étaient déjà assez pour Basil). La chaleur d'un soleil intense lui donnait le vertige, et son éclat faisait paraître l'herbe plus verte, le ciel plus bleu. Ils s'étaient arrêtés à la loge et, pendant que Basil cherchait la feuille de sortie qu'il devait présenter au gardien, elle put poser la valise, dégourdir sa main, et s'abriter à l'ombre des ormes tandis que l'homme téléphonait au bureau principal afin de vérifier les pièces d'identité. A ce moment-là, elle avait passé le portail parce que l'ombre était plus profonde de l'autre côté; elle franchit ce pas sans se rendre compte qu'elle avait traversé la ligne, qu'elle avait quitté le cloître pour entrer dans le monde.

— Tu as franchi le portail pour aller te mettre à l'ombre pendant que je discutais avec le portier, lui rappela Basil.

Ils se trouvaient alors dans le car qui descendait la route tourmentée en direction de la ville et de sa gare. Elle regretta de s'être laissé distraire de ce moment symbolique. La réalité immédiate, les menus gestes à accomplir avaient retenu toute son attention.

Dans le car, il régnait une chaleur étouffante. Des gens de tous âges, aux airs fatigués, le remplissaient. Hommes et femmes solitaires, familles silencieuses, une jeune fille au regard fixe et au visage impassible... Ellen tenait maladroitement la main de Basil et se sentait exubérante comme une enfant devant la réserve de tous ces gens. Ils avaient été les premiers à monter et s'étaient assis à l'arrière, puis avaient observé la petite foule qui descendait la colline en file sinueuse, passait devant la loge du gardien et sortait du parc.

— Ce sont tous des pensionnaires? Si ce n'est pas le cas, pourquoi partent-ils si tôt? avait-elle demandé à Basil, rompant ainsi un silence qui menaçait d'être pénible.

— Les heures de visite commencent à six heures le dimanche, lui avait-il expliqué. S'il n'en allait pas ainsi, il serait impossible d'accueillir tous les visiteurs. Les cars passent tous les quarts d'heure, toute la journée. Vois-tu, dimanche, est le seul jour où la plupart des gens peuvent venir.

Il avait regardé par la vitre la foule qui semblait grossir au fur et à mesure que le car se remplissait.

— Certains d'entre eux sont évidemment en cure, avait-il poursuivi en désignant du doigt la fille au visage impassible. Elle par exemple, je lui ai parlé une fois dans le train. Elle habite à quelques stations d'ici dans une ville au bord du fleuve. Ils la laissent rentrer chez elle tous les dimanches, mais elle doit être de retour à la tombée de la nuit.

Elle avait serré sa main, lui avait souri, luttant

contre la peur qui lui nouait la gorge tandis qu'il lui parlait. Elle avait senti la corde se resserrer autour de sa taille, comme une laisse qui la tirerait en arrière irrésistiblement. Puis elle constata que le chauffeur avait relâché le frein et embrayé, qu'ils descendaient la colline, s'éloignant de ceux qui espéraient encore monter, il y avait du monde dans la travée, le chauffeur ne pouvait plus prendre de passager. Un homme qui avait cru être le dernier à pouvoir embarquer, un homme grand, au visage cramoisi, leur montrait son gros poing en proférant d'incompréhensibles injures.

Elle avait cherché dans sa salle d'étude, dans son casier à musique, dans la chambre à coucher, dans les tiroirs de sa coiffeuse. Maintenant, elle redescendait à la bibliothèque; elle se mit à chercher dans le bureau, elle fouilla tous les recoins, sous le buvard, dans le tiroir secret. « Qu'est-ce que tu fais? » C'était la voix de Basil, qui interrogeait un peu sèchement. « Je suis toujours en train de chercher la clef », avait-elle répondu en se retournant vers lui, surprise de voir son visage empourpré sous le hâle. « Je n'arrive pas à la retrouver, et je suis certaine de l'avoir laissée à sa place. Où l'as-tu vue pour la dernière fois? » Il hocha la tête et s'avança, posa sa main sur le bureau, lui en interdisant pratiquement l'approche.
— Dans cette pièce, je m'en occuperai, dit-il. Je ne veux pas que tu mettes du désordre dans mes manuscrits. Pourquoi n'irais-tu pas la demander à Suky? Je parie qu'il l'a rangée soigneusement. Il est à la cuisine.

Le train était sale et tout aussi bondé que le car. Ils reconnurent des passagers du car dans leur voiture : des fermiers et leurs femmes venus visiter la ville, voir

46

un film ou profiter de la plage, des cheminots qui prendraient la correspondance à la station suivante, et d'autres qu'elle ne réussit pas à cerner. Elle s'était demandée comment ces personnes les voyaient, elle et Basil. Certains suivaient-ils son exemple? Essayer de deviner qui est qui? Qui fait quoi? Basil, elle était payée pour le savoir, se détachait de n'importe quel groupe. Ce qui le distinguait, c'était son maintien. Il avait toujours l'air, du moins à ses yeux, de se tenir face à l'orchestre. Ses doigts semblaient étreindre une baguette. La tête et la nuque restaient droites; le regard à l'affût détectait ce qui l'intriguait, s'en détournant aussitôt pour se consacrer à autre chose, passant la voiture entière en revue comme il avait l'habitude de surveiller l'orchestre, d'abord les cordes, puis les hautbois, les cuivres, les percussions, les basses.

— De nouvelles partitions cette année? lui demanda-t-elle.

Elle avait brusquement décidé de cesser son jeu de devinettes et ne se préoccupait plus de savoir ce que les autres voyageurs pensaient d'elle : c'était à la fois difficile et inutile.

Basil regardait par la fenêtre le paysage accidenté, à la roche veinée d'un minéral sombre, qui surplombait la voie. A ces mots, il s'était retourné mais pas pour s'intéresser à Ellen; l'œil demeurait rêveur et lointain.

— Il y a une nouvelle symphonie de D., lui avait-il répondu, nommant un compositeur russe contemporain à la mode dont elle avait toujours jugé les œuvres vulgaires et surestimées.

— J'ai eu la chance d'obtenir les droits exclusifs pour la première représentation aux États-Unis. J'ai l'intention d'ouvrir la saison avec elle.

Elle avait complètement oublié combien ses goûts en musique étaient différents des siens. Il leur arrivait pourtant d'en partager certains, pour Beethoven, Mozart ou Stravinsky, par exemple. Mais il y avait ces trop nombreux compositeurs qu'il appréciait ou adoptait parce que le public les aimait, alors qu'elle les jugeait insipides ou superficiels. D. en était un exemple. Comme la plupart des habitués des concerts, elle avait été obligée d'assister à la représentation de certaines de ses œuvres, sa musique ayant été largement interprétée dès le tout début de sa carrière. Hormis les quelques premiers morceaux de musique de chambre qui lui avaient été timidement proposés, elle avait trouvé cette musique absolument ennuyeuse, et elle avait souvent pensé que Basil, bien qu'elle ne l'eût jamais forcé à l'admettre, était de son avis. Pourtant depuis le premier jour, il avait défendu les œuvres de D. et avait gagné une bonne partie de sa réputation en les dirigeant (il savait plus que quiconque accélérer le tempo, et il prenait soin de donner vie jusqu'au dernier décibel d'un crescendo). Il avait donc le privilège de présenter aux spectateurs américains la dernière œuvre du compositeur.

— C'est très long? demanda-t-elle.

— Étonnamment court, répondit-il. Il y a six mouvements brefs, deux lents, et quatre rapides. L'un d'eux, tu le croiras ou non, est un charmant menuet. Un peu désinvolte peut-être, quelques effets faciles ici ou là. Mais dans l'ensemble, mélodieux et agréable.

— J'aimerais bien voir la partition, fit-elle.

Elle savait que c'était la chose à dire, car elle désirait à tout prix éviter les vieilles et vaines querelles. En un sens, c'était un bien qu'ils aient chacun leur univers musical. Ça évitait l'esprit de compétition. Il jouait du Bach uniquement en transcription orchestrale, choisissait Mozart et Haydn pour étoffer une programmation trop emphatique et mettre en valeur, par l'étalage de leur légèreté, son talent de virtuose.

. – Je vais avoir une copie de la partition, dit-il. J'ai appris qu'elle ne serait pas publiée avant le printemps. Pour l'instant je n'ai qu'une copie microfilm de l'original.

– J'attendrai que tu disposes des autres copies.

Elle était soulagée de ne pas avoir à parcourir la symphonie et donc de ne pas devoir donner son avis. S'il le lui avait demandé, elle lui aurait dit la vérité (qui, elle le redoutait, n'aurait pas été à son goût). Cependant, en montrant qu'elle s'y intéressait, elle lui avait fait plaisir et s'était rassurée : il recherchait toujours son approbation. Il lui avait repris la main, la serrait plus fort qu'auparavant.

« Basil, se dit-elle, je t'aime. Mais mon chéri, en tant que musicien, je n'ai jamais cru en toi. Oh! tu es capable de diriger, tu peux t'imposer à une centaine d'hommes, leur faire exécuter ce qui te convient. Mais en ce qui te concerne, c'est un métier, le moyen de gagner fortune et célébrité, une possibilité de diriger et soumettre autrui; ce n'est pas véritablement un art. La première fois que tu as eu la symphonie de D. entre les mains, tu as dû la feuilleter avec empressement, fredonner ses thèmes, mais ce n'était pas pour l'évaluer ou en apprendre quelque chose; c'était pour découvrir quelle en est l'interprétation qui mettrait en valeur ta personnalité, comme un homme politique cherche à émailler son discours de " petites phrases ". Je pense, Basil, que la musique est pour toi un moyen d'assouvir ta volonté de puissance. Tu te mesures à l'orchestre, à l'auditoire et au compositeur sans doute. Debout sur l'estrade, tu les conduis à l'asservissement d'un dédaigneux mouvement de ta tête à reflets d'or, d'un haussement impatient des épaules, d'un regard impérieux, d'un battement du pied. Et moi dans tout ça! Eh bien j'aime à t'observer, chéri. J'admire ta virtuosité, et je te laisse me séduire. Mais, alors Basil, ce qui nous unit n'a rien à voir avec la musique... »

Un marchand de sandwiches était monté dans la voiture; ses appels rauques brisèrent le fil de ses pensées et provoquèrent chez Basil une certaine agitation. Il avait d'abord fait signe à l'homme d'un geste autoritaire comme pour solliciter les cuivres, apaiser les cordes; mais, voyant que l'homme l'ignorait, il attira son attention en sifflant. Cette fois il fut entendu et le serveur leur présenta un panier dans lequel ils choisirent des sandwiches de pain blanc au fromage et des gobelets de café au goût amer. A ce moment-là seulement, ils s'aperçurent qu'il était un peu plus de dix heures et qu'ils étaient littéralement affamés.

Suky se montra correct : il s'inclina et murmura des excuses. Mais il fut également inflexible. Il n'avait pas la clef, on ne la lui avait pas donnée, il ne l'avait pas vue. Il marmonnait à l'écart, furieux de l'intrusion de sa maîtresse dans la cuisine, tandis qu'elle fouillait les tiroirs des tables et les placards. Elle quitta rapidement la pièce, soulagée d'être hors de portée de son obséquieuse hostilité.

Elle se retrouva dans l'entrée et se tourna vers un petit tiroir de la console où elle trouva un tas de cartes et une enveloppe lavande adressée à Basil. Elle était couverte d'une petite écriture malhabile féminine — un petit cercle y surmontait la lettre i à la place du point. Un âpre parfum en émanait. Elle s'en saisit, constata qu'elle avait été ouverte et lue, certainement. Elle savait ce que c'était, un mot inconséquent de quelque jeune admiratrice qui avait assisté à un de ses concerts et était tombée amoureuse de sa noble nuque. Basil recevait toujours du courrier de ses admirateurs. Il avait probablement reçu cette lettre en même temps que d'autres, l'avait lue rapidement au moment de sortir, et laissée sur la table. Suky qui ne jetait jamais rien, à moins d'en avoir reçu l'ordre, l'avait rangée dans le tiroir. Elle le referma. La clef n'y était pas. A présent elle ne savait plus où chercher.

Elle regardait distraitement par la baie vitrée des gens aller et venir dans la rue, les taxis aux couleurs diverses passer sous un soleil étincelant et se demandait toujours où elle avait pu mettre cette clef. Elle avait regardé dans sa salle de travail, dans la bibliothèque, dans la chambre à coucher, dans la cuisine. Non ! elle n'avait pas regardé dans la bibliothèque. Basil n'avait pas voulu qu'elle touche au bureau et avait insisté pour l'y chercher seul. Il l'avait peut-être trouvée à présent.

Tournant le dos à la porte et à la rue, elle regagna la bibliothèque. Basil était à son bureau, une partition de la symphonie de D. étalée devant lui. Elle détestait l'interrompre dans son travail, mais tant qu'elle n'aurait pas trouvé cette clef, elle ne pourrait pas travailler.

— Basil, fit-elle, l'as-tu trouvée ?

Il leva vers elle un regard interrogateur, sans cesser de battre la mesure avec son crayon.

— Excuse-moi ?

— Je te demandais si tu avais trouvé ma clef. Tu devais regarder dans ton bureau.

Dans son regard, la lueur interrogative se dissipa légèrement comme s'il venait de saisir le sens de sa question.

— Non, je ne l'ai pas trouvée, dit-il.

Et il se repencha sur sa partition.

Elle n'était pas même assurée qu'il l'eût cherchée.

Debout, enlacés à l'avant du ferry de Weehawken, sous le chaud soleil d'une fin de matinée, ils contemplaient le spectaculaire profil de Manhattan, de plus en plus distinct. Il y avait eu des nuits où allongée dans son lit, incapable de dormir, elle avait douté de l'existence de la ville, et même de toute autre réalité hors celle des quatre murs verts de sa chambre, de la porte ouverte sur le couloir, de la fenêtre grillagée donnant sur la pelouse et les ormes. Maintenant, alors que le ferry fendait la houle de l'Hudson et que les immeubles gris semblaient s'élever de plus en plus haut dans le bleu éclatant du ciel, elle doutait de la réalité de cette chambre, se demandant si ça n'avait pas été, simplement, le pire de ses cauchemars. Elle se mit à trembler d'émotion devant la proximité de la vie que ce spectacle promettait : l'animation de la 57e rue, les façades de l'hôtel de ville, de Carnegie Hall, le silence des studios de radio-diffusion, les murs roses de sa salle d'étude, le brouhaha d'un cocktail, la tonalité d'un clavecin.

Basil, qui la sentait trembler, l'étreignit davantage.

— C'est une ville merveilleuse, n'est-ce pas? dit-il.

Et pour la première fois il fit allusion aux événements de la journée.

— Ce doit être merveilleux d'y revenir après une si longue absence.

— Je ne vais plus la quitter, dit-elle assurée, consciente de sa voix exaltée, mais n'en ayant pas honte parce que c'était bien là son émotion.

— Même pas pour faire un voyage? demanda Basil.

— Même pas pour un voyage.

Le ferry frémit à l'arrêt des moteurs, dériva paresseusement et s'apprêta à l'accostage. Un bruit strident les fit se précipiter vers leurs bagages et se mêler à la foule; le ferry était à quai et la passerelle était mise en place. Quelques minutes plus tard, ils se trouvaient dans une rue de New York en quête d'un taxi.

Lorsque le véhicule s'engagea dans la 42ᵉ rue, elle lui posa cette question à laquelle elle avait songé toute la matinée :

— Basil, es-tu heureux de me voir de retour?

Il se tourna vers elle et lui offrit un visage aux traits détendus, la bouche légèrement entrouverte, le regard brillant.

— Tu sais que je suis heureux. Je croyais inutile de te le dire. J'ai passé toute l'année dans l'attente de ce jour.

« Comme c'est merveilleux de l'entendre parler ainsi! pensa-t-elle. Si seulement il l'avait dit spontanément! Et puisque j'ai dû prendre l'initiative, comment le croire? Oh! je ne doute pas de sa sincérité; mais pourquoi m'a-t-il fallu la provoquer? Pourquoi n'a-t-il pas manifesté ce qu'il éprouvait tout naturellement, comme n'importe quel homme aurait fait? » Puis elle se ressaisit et reconsidéra les choses car elle savait qu'une fois de plus elle risquait d'aller au-devant des ennuis. Basil ne lui avait pas dit qu'il était heureux de son retour parce que Basil, habituellement, garde une certaine réserve. Ils ne seraient jamais mari et femme au sens d'une communion de pensées; et, d'ailleurs, elle ne désirait pas connaître ce genre d'union. Basil vivait dans son monde, elle dans le sien; leurs univers étaient parallèles, se rejoignaient parfois, mais jamais ils ne se confondraient.

— Suky et moi étions bien seuls, dit-il, interrompant les pensées d'Ellen.

Il sourit tristement.

— J'ai peur que la maison ne soit plus la même. Ton absence y était sensible.

53

Elle posa la tête sur son épaule, ferma les yeux.

— Dans quelques semaines tout sera rentré dans l'ordre.

— Peut-être davantage, fit-elle. Il va falloir que je fasse des exercices au moins six heures par jour, tu sais, je n'ai pas touché un clavier depuis deux ans, j'ai peur d'avoir tout oublié.

Ellen sentit l'épaule de Basil se raidir, son corps se crisper. Elle leva la tête, ouvrit les yeux vers lui pour comprendre ce qui le hérissait. Elle le découvrit poings serrés, lèvres pincées.

— Tu ne crois pas que tu as mieux à faire? demanda-t-il. N'est-ce pas prématuré? Pourquoi ne pas prendre le temps de te reposer? Tu sais, tu n'as pas besoin de donner de concert cette année. Le public se souvient de toi. Il ne sera pas question d'un « retour ». Tes enregistrements ont toujours autant de succès.

Elle l'interrompit.

— Je donne un concert en novembre, Basil. J'en ai parlé au Dr Danzer et il m'a donné son accord. C'est ma raison de vivre, Basil, comme c'est la tienne, c'est ma vocation.

— Il y a d'autres manières de t'accomplir qui seraient moins éprouvantes. Je sais comment ça se passe quand tu t'enfermes là-haut dans ton étude. J'estime qu'il est trop tôt pour que tu t'y remettes.

Ils restèrent silencieux tandis que le taxi filait sur Park Avenue, les rapprochant de leur rue, de leur foyer. Alors Basil, plus détendu, changea de position, se tourna vers elle et reprit sa main.

— Ellen, je ne désire pas me mettre en travers de ton chemin. Je veux ce que tu veux. Je ne voudrais pas que tu puisses imaginer autre chose.

Elle leva son visage vers lui et il l'embrassa. Elle ferma les yeux pour qu'il ne vît pas les larmes de colère qui y étaient montées malgré elle. Dès qu'il ne la verrait plus (quand il payerait le chauffeur), peut-être pourrait-elle prendre son mouchoir. Un instant, elle avait cru qu'il ne voulait plus la voir reprendre sa carrière.

Ellen restait pensive sur le pas de la porte; elle venait de quitter la bibliothèque, après avoir demandé à Basil s'il avait trouvé la clef de son clavecin. Elle était persuadée qu'il ne l'avait pas cherchée dans son bureau (est-ce que ça ne voulait pas dire que la clef s'y trouvait et qu'il ne désirait pas qu'elle la trouve?). Elle traversa lentement, posément, l'entrée. En suppo-sant que pour une raison quelconque ses soupçons fussent fondés — qu'il préférât qu'elle ne jouât plus — est-ce qu'en cachant la clef de son instrument il l'en empêcherait? Évidemment non! Demain matin, si elle n'avait pas retrouvé la clef, elle appellerait le serrurier et en ferait faire une autre. Et n'avait-il pas dit dans le taxi que si elle souhaitait donner un concert en novembre il ne s'y opposerait pas?

A l'avenir, elle devrait se méfier de ses dépits et de ses soupçons, ne pas oublier de prendre du recul et réfléchir, de manière à saisir ses peurs, et les ayant saisies, à les dissiper.

Basil avait eu l'intention de chercher la clef dans son bureau — elle en était maintenant convaincue. Mais en s'y installant, son attention s'était portée sur le manuscrit. Il avait commencé à travailler et bien vite il avait oublié la raison pour laquelle il était tout d'abord venu là. Plus tard, quand il aurait fini son travail, elle lui reposerait la question, et peut-être admettrait-il qu'il l'avait oubliée. Alors il retournerait chercher la clef. Sinon, ce ne serait pas vraiment grave

– bien qu'il soit frustrant de ne pas pouvoir ouvrir son instrument.

Elle commença à monter l'escalier, se souvenant d'un endroit qu'elle avait négligé. Ses vieux sacs à main. En fouillant les tiroirs elle en avait vu deux, il y en avait peut-être d'autres dans l'armoire. Sacs à main et clefs allaient ensemble, la clef qu'elle cherchait pouvait très bien se trouver dans l'un d'entre eux. Parvenue au haut de l'escalier, elle jeta un coup d'œil dans la salle d'étude dont elle avait laissé la porte ouverte, et y pénétra. Un lieu fonctionnel, mais pas au sens moderne, adapté serait peut-être un meilleur qualificatif. Là, rien qui ne soit à sa place, rien d'inutile ou de simplement décoratif. Le clavecin au milieu de la pièce, où affluait la lumière du bow-window. A côté, une lampe pour éclairer sa partition, le soir venu. Les murs étaient tapissés d'un papier rose foncé au-dessus des étagères basses avec les volumes de ses partitions. La collection complète des œuvres de Grove, *les Principes du clavecin* de Saint-Lambert, *l'Art de toucher le clavecin* de Couperin, des ouvrages de Dolmetsch, Einstein, Tovey et Kirkpatrick. Une petite table en bois de rose sur laquelle étaient posés un tambour à broder, une boîte à cigarettes et un cendrier. Le long canapé bas dans un coin. La pièce ne comptait pas d'autres meubles.

Sur le seuil de son sanctuaire, dont elle avait été tenue éloignée si longtemps, elle se sentit plus calme, plus détendue; l'oppressante inquiétude qui l'avait poussée de pièce en pièce, de tiroir en tiroir, depuis la découverte de la perte de la clef, s'apaisait et se dissipait. Mais elle se souvenait de sa déception quelques heures auparavant. Elle avait poussé la porte d'entrée, monté l'escalier en courant, et s'était arrêtée sur le seuil pour la toute première fois depuis deux ans, frappée par l'évidente réalité d'une scène qui, depuis si longtemps, n'existait plus qu'à l'état de souvenir. Elle s'était approchée du clavecin, avait passé une main sur cette antiquité patinée, prête à en soulever le couvercle, pour s'apercevoir alors qu'il était fermé. Impossible de le soulever, la clef manquait.

Suky avait fait retentir le gong annonçant le déjeuner avant qu'elle pût commencer ses recherches. Pendant tout le repas, elle n'avait eu qu'une pensée : « Où pouvait-elle être? » Basil s'était montré disert, l'entretenant de tous ses projets concernant l'orchestre pour la saison à venir. Il avait plaisanté aux dépens de ses collègues, rapporté de fines anecdotes sur de célèbres solistes et sur leurs bizarreries, et, une fois de plus, témoigné de son enthousiasme pour la nouvelle symphonie de D. Elle s'était efforcée de lui donner la réplique, de sourire et de rire aux bons moments, de s'exclamer, de poser des questions; mais elle n'avait cessé de penser à l'endroit où pouvait être la clef, cherchant à se souvenir du dernier jour où elle avait joué de l'instrument. Tâche désespérée car ça avait été une journée confuse, un temps qu'elle préférait oublier.

Après le déjeuner, elle avait fumé une cigarette avec Basil, mais sa tête était ailleurs, dans ses appartements, à fouiller les tiroirs et les armoires. Il s'était approché et assis près d'elle, lui avait montré le microfilm de la partition de la nouvelle symphonie. A ses yeux, un simple fatras de notes, une page noire barbouillée. Il n'avait rien vu de son désarroi et prit son exubérance fébrile pour du désir. Il l'avait serrée dans ses bras, l'avait embrassée avec passion. Elle s'était presque abandonnée à ses caresses; heureuse de la vigoureuse ardeur de son étreinte, elle oublia un instant ce qui l'obsédait. Deux heures avaient sonné avant qu'elle pût commencer sa quête. Elle prétexta qu'elle devait défaire ses bagages, ne voulant pas encore admettre sa déception. Maintenant qu'elle lui en avait fait part, il se montrait étrangement indifférent.

En soupirant, elle tourna le dos à la salle d'étude, traversa le couloir et entra dans sa chambre. Si sa mémoire ne la trahissait pas, elle avait rangé ses sacs dans le tiroir du haut de la penderie. Elle l'ouvrit et eut le bonheur de les trouver : un sac de moire, une sacoche en peau de porc, une petite bourse qu'elle avait l'habitude de glisser dans la poche de son manteau et un sac de soirée en mailles dorées. Oh! voilà qu'il y en avait un autre! Véritable cube de cuir qui s'ouvrait sur le côté, elle l'avait oublié. Quand l'avait-elle acheté? D'habitude, elle les préférait d'un style plus classique. Mais comment pouvait-elle espérer justifier de tous ses choix passés, en particulier les six mois qui avaient précédé l'hospitalisation? De nouveau elle soupira et entreprit de vider les sacs.

Elle trouva des pièces de monnaie, un bâton de rouge à lèvres, un poudrier, un peigne orné de pierres du Rhin – ceci dans le sac en cuir – puis deux tickets pour Carnegie Hall datant du 23 janvier 1944, plusieurs mouchoirs et de nombreuses épingles à cheveux. Mais elle ne trouva pas la clef. Pourtant, quand ses doigts avaient touché une épingle à cheveux dans un portefeuille, elle avait cru aboutir. Elle avait frémi de joie, puis retenu son souffle, mais un instant plus tard elle avait compris son erreur. La clef était donc perdue. Maintenant elle se représentait le petit objet. Il brillait devant ses yeux; elle pouvait compter les dentelures irrégulières qui entraient dans le trou de la serrure, les minuscules encoches; il y en avait cinq, l'une d'elles plus profondément entaillée. La voir si nettement était particulièrement frustrant, c'était comme si elle l'avait eue en main la veille et l'avait mise de côté dans un endroit sûr. Elle s'imaginait qu'en y pensant intensément, en se concentrant sur ce qu'elle avait fait et sur la raison pour laquelle elle l'avait rangée, elle se rappellerait l'endroit. Pour l'heure, c'était impossible, puisque ce n'était ni hier ni même avant-hier qu'elle avait tenu la clef en main, mais bien des années auparavant, et elle savait que lorsqu'elle la récupérerait enfin (la retrouverait-elle jamais?), la clef ne ressemblerait plus à son souvenir, elle serait différente de celle qu'elle imaginait. C'était comme chercher le passage d'un livre que vous avez lu : dans votre mémoire il est situé en bas d'une page de droite, quelque part vers la fin du dernier chapitre; vous croyez alors n'avoir qu'à feuilleter les pages de droite du dernier chapitre pour le trouver. Mais, après les avoir passées en revue, vous êtes obligé de répéter l'opération pour tous les chapitres du livre, allant du début à la fin puis dans l'autre sens, des pages de droite aux pages de gauche, jusqu'à ce qu'enfin vous trouviez le passage. Et là vous êtes confondu, parce qu'il ne dit pas exactement ce que vous vous rappeliez, il est moins émouvant que dans votre souvenir. En fait, maintenant que vous le relisez, n'est-il pas tout à fait banal? Mais le plus troublant, c'est de découvrir cet extrait de l'œuvre à la première ligne du second chapitre, tout au début du livre, car, dépité, vous réalisez que votre mémoire vous a joué un « tour complet ».

Il n'était pas nécessaire de pousser davantage les recherches. L'après-midi tirait à sa fin, le dîner serait bientôt servi; elle ne travaillerait pas le premier jour de son retour. Elle les reprendrait demain matin, et si entre-temps elle voulait jouer un morceau, il y avait toujours le piano de Basil. Si elle ne la trouvait pas, elle appellerait le serrurier et en ferait faire un double. C'était aussi simple que ça.

Elle passait sur le palier à l'instant où un accord fracassant, retentissant, ébranla la maison. Ses tympans, depuis longtemps habitués au calme rigoureux de l'hôpital, en furent atrocement agressés; un frisson de révolte la fit frémir. Avant même que la plainte des cordes malmenées eut cessé de résonner, une mélodie grave, percutante, confuse, s'éleva, chaque note bousculant la suivante, accélérée en un rythme ardent et brutal. Basil était au piano.

Résolue, le dos droit, le visage tendu, Ellen descendit l'escalier du cœur des notes. Un moyen de retenir le cri de colère et de révolte qui menaçait d'exploser, un moyen de surmonter le désir de revenir sur ses pas, de remonter l'escalier, de se précipiter dans la salle d'étude, de refermer la porte et de se jeter sur le canapé, les paumes de ses mains pressées sur ses oreilles, fut d'essayer de deviner ce qu'il jouait, qui avait écrit ça, quel caractère l'œuvre pouvait-elle révéler, et si elle l'avait déjà entendue.

Le morceau n'était pas de D., elle en était absolument certaine. Il ne présentait aucune de ses particularités, son amour de la continuité, ses modulations ampoulées, ses mélodies flatteuses. Ce n'était pas non plus l'harmonie sèche, assez pauvre et dépouillée, de Hindemith. La couleur en était l'ironie — il suffisait d'écouter cette reprise banale — avec de temps en temps une cadence mélodieuse. On aurait cru un mélange de ce qu'il y avait de pire dans le jazz et dans le folklore européen. Mais le nom du compositeur lui échappait.

Elle entra dans la bibliothèque, s'efforçant toujours de se maîtriser, et vit son mari aux prises avec le piano. Son corps s'agitait et marquait la mesure par saccades comme tiré par les fils d'un invisible marionnettiste, heurtant le clavier de formidables martèlements. Et quand il lui fallut jouer moderato – c'était une mélopée qui rappelait les blues – au lieu de se détendre, il ne fit que revenir à un état d'empressement contenu, telle une corde relâchée après avoir vibré et dont on ne peut pas dire que, libérée, elle est au repos tant son aspect dément ce mot. Ses doigts jouaient à présent une suite accentuée de notes lugubres, comme les pinces d'un crabe raclent et labourent le sable d'une plage, et soudain il se voûta, ses doigts se mirent en place pour l'attaque (elle eut l'impression de voir ses muscles saillir sous la veste). Ils plongèrent dans le rang de touches comme des bombes de chair attaquant une armée d'ivoire. De nouveau le rythme brutal et prétentieux reprit son balancement, la mélodie de la danse revint et il termina par une cadence désastreuse, ce qui la gêna, un embarras qui durait encore quand, s'apercevant de sa présence, il se retourna et lui sourit.

— Qu'est-ce que ·c'est, Basil? Je le reconnais, je suis certaine de l'avoir déjà entendu de nombreuses fois. J'ai le nom sur le bout de la langue.

Il s'approcha d'elle, posa sa main sur la sienne; son geste, bien que tendre, n'en était pas moins autoritaire.

— C'est de Chostakovitch

— Évidemment. Comment ai-je pu l'oublier! Une œuvre de jeunesse, non? Une danse paysanne, une polka de *l'Age d'or?*

Il hocha la tête et sourit plus franchement. Comme il aime que je m'intéresse à lui, pensa-t-elle. C'est un besoin sans doute? Que deviendrait-il s'il était méconnu, incapable d'attirer l'attention de qui que ce soit? Ou pire encore, que deviendrait-il s'il lui fallait vivre seul?

— T'es-tu senti seul, Basil? demanda-t-elle timidement.

61

Il avait sorti sa pipe de sa poche et la bourrait dans une blague. Cette question coupa son geste.

— Pourquoi me demandes-tu ça?

— Oh! Je ne sais pas, ça m'est venu comme ça. Je me demandais...

Elle le regarda bien en face, les yeux dans les yeux pour dissimuler la confusion que sa manière de répondre avait fait naître en elle. Sa question était du genre de celles que posait le Dr Danzer, directe, inattendue, à première vue incongrue, mais à la réflexion lourde de sens et très dérangeante. Il enchaîna :

— Tu parlais de musique, dit-il. Tu essayais de trouver le nom du morceau que je jouais. Et tout à coup tu me demandes si je me suis senti seul. Pourquoi?

Elle se mit à rire.

— Je suis sûre qu'à présent tu vas procéder à une association d'idées et me demander ce que j'ai rêvé la nuit dernière. Honnêtement, ça m'est venu spontanément. Peut-être à cause de ta façon de jouer cette paisible partition. On aurait dit un chant funèbre, alors que je voyais là quelque chose de drôle.

Ses doigts reprirent leur mouvement et achevèrent de bourrer la pipe. Lentement il porta le tuyau à sa bouche, fit craquer une allumette de cuisine sur le tissu rugueux de son pantalon. Elle devinait sans lui en tenir rigueur qu'il ne la croyait pas. De trop nombreuses fois dans le passé, quand elle avait voulu mentir, quand tout en elle la poussait à dissimuler la vérité, elle n'avait pas été de force à aller jusqu'au bout. Elle pouvait lui dire la vérité, ça ne lui ferait même aucun mal. Mais il en serait blessé, et inutilement. Il était intelligent, sensible, il découvrirait le bien-fondé de sa remarque, ce qui l'obligerait — même si, devant elle, il se contentait de hausser les épaules — à admettre ses faiblesses.

— Tu n'as toujours pas répondu à ma question, remarqua-t-elle avec légèreté. Il y a sans doute une raison à ce silence?

Elle s'approcha de la table et prit une cigarette dans le coffret d'argent, en le regardant par-dessus l'épaule, cils baissés.

— Bien sûr, fit-il, bien sûr que tu m'as terriblement manqué.

Elle évita son regard, rejoignit le bureau pour y prendre le gros briquet d'argent qui s'y trouvait, et se donna une contenance en grillant une cigarette. Maintenant qu'il avait dit ce qu'elle voulait lui faire dire, elle était embarrassée. Elle se sentait ridicule, peu avisée – bien qu'elle le crût. Il s'était senti seul, il devait s'être senti seul. Mais il ne l'avait pas reconnu avant qu'elle ne l'y obligeât. Il y avait là quelque chose qui lui faisait souhaiter qu'il quitte la pièce, qu'il la laisse seule un moment.

Au lieu de cela Basil vint à ses côtés. Il regarda le bureau et y posa sa main.

— As-tu trouvé la clef?

— Non, et j'ai cherché partout où je pensais pouvoir la trouver!

— Tu peux regarder dans mon bureau si tu veux. Je crains d'avoir été un peu brutal tout à l'heure.

— Non merci. Je suis certaine que tu l'aurais trouvée si elle avait été là.

Il hocha la tête et détourna son regard. Au mouvement des épaules, à l'inclination subite de la tête, elle comprit qu'il avait envie de s'excuser. Sa gêne l'abandonna et fit place à un sentiment de tendre affection. Il m'a menti, pensa-t-elle, et maintenant il le regrette.

— Si tu ne voulais pas chercher la clef, il était

inutile de prétendre que tu allais le faire pour soutenir ensuite qu'elle ne s'y trouvait pas.

Il se retourna brusquement.

— Comment sais-tu que je ne l'ai pas cherchée?

Elle posa la main sur son épaule.

— A ton attitude, ta façon de baisser la tête.

— Je me suis assis au bureau pour chercher, l'assura-t-il. J'ai vu ce qui m'a semblé être une erreur dans la partition de la contrebasse. J'ai travaillé là-dessus et j'ai oublié la clef. Quand tu es entrée pour m'en parler, je n'ai pas voulu reconnaître ma négligence. Je suis assez têtu comme tu sais.

— Je sais.

— Maintenant, nous pourrions chercher ensemble.

— Pas tout de suite, fit-elle. Elle posa sa joue contre la veste rêche et l'épaule rembourrée. Sa main se crispa sur son revers, la chaleur de son haleine la fit frissonner.

— Tout à l'heure il sera bien temps.

Ils ne trouvèrent pas la clef dans le bureau. Elle n'en fut pas étonnée, elle s'y attendait. Après tout quelle importance. Demain elle ferait faire une autre clef. Mais Basil, sa curiosité éveillée à présent, s'entêtait à la persuader que Suky devait l'avoir.

— Elle doit être dans la maison, disait-il. Suky a pris le plus grand soin de ton instrument, il l'astiquait tous les jours.

Ils se rendirent dans la cuisine, bras dessus bras dessous et interrogèrent à nouveau le domestique. Suky s'inclina, en reculant, plus poli que jamais, mais il n'avait pas la clef. Basil l'interrogea longuement, et Suky répondit en détail. Ses affirmations précises, empressées, lui parurent convaincantes; elles prouvaient sa bonne volonté.

Pourtant quand je lui ai posé la question, il m'a semblé hostile, se rappela-t-elle, ou bien me suis-je fait des idées?

Avant qu'elle ait pu y réfléchir, Basil s'était retourné et avait franchi les portes battantes qui conduisaient à la salle à manger : le buffet, le curieux petit tiroir dans le buffet, où elle avait toujours mis ces choses que l'on garde parce qu'on ne veut pas les jeter! Pourquoi n'y avait-elle pas pensé plus tôt? Un point de marqué par Basil! Maintenant elle était sûre qu'il allait y trouver la clef. Mais tout ce qu'il en sortit fut un vieux canif qu'il déclara avoir perdu depuis des mois, des pièces de rechange pour son hautbois, une lampe pour la radio. Ces objets disparates les avaient rendus tristes, ils leur rappelaient qu'ils avaient été plus jeunes — bien qu'ils ne fussent pas encore vieux. A travers eux Ellen et Basil mesuraient le temps entre alors et aujourd'hui. Ou bien est-ce moi seule, qui réagis ainsi? se demanda-t-elle. Comment savoir ce que pense Basil, et ce qui lui donne cet air triste. (Si toutefois il l'est — est-ce simplement sa bouche, sa tête à demi tournée dans l'ombre, qui le laissent supposer.) Vais-je le lui demander? Comment être sûre de sa sincérité? Non qu'il mente délibérément pour une raison inavouable mais tout simplement il préfère taire son émotion. Mais alors, comment faire, puisqu'il est impossible de se mettre à la place de l'autre, que l'on est condamné à n'être que soi? Comment savoir?

De nouveau elle dut interrompre son monologue et renoncer à poser la question. Basil était brusquement sorti de la salle à manger. Dans l'entrée, debout près de l'escalier, il regardait la console.

— Tu as regardé là aussi, n'est-ce pas? lui demanda-t-il sans se retourner.

— Oui, dit-elle.

Il entreprit de gravir l'escalier.

— Je suis sûre qu'elle n'est pas là-haut.

Elle monta à sa suite. Dans sa chambre, ils fouillèrent les armoires, les tiroirs, une malle et quelques vieilles valises. Ils se rendirent dans l'autre chambre à coucher et même dans la chambre d'amis, mais en vain. Quand ils eurent fini, ils avaient les mains sales, elle était rompue à force de s'être penchée, d'avoir ouvert tiroirs et meubles, ses yeux étaient fatigués d'avoir cherché et cherché encore, avec l'espoir de découvrir, toucher, contempler l'objet qui se dérobait.

Finalement, Basil renonça. Ils étaient sur le palier, devant la salle de musique d'Ellen. Il se mit à rire en l'attirant à lui.

— Ellen, je crois que tu avais raison, il va falloir attendre demain et en faire faire une nouvelle. A moins... (il s'interrompit, regarda derrière elle la porte de sa salle d'étude). Tu sais, reprit-il, il y a un endroit où nous n'avons par regardé.

Elle sourit de sa suffisance.

— Mais j'ai regardé, idiot. Dès le début. J'ai cherché plusieurs fois, dans chaque coin et recoin. C'est l'unique endroit où je suis certaine qu'elle ne peut pas être.

Il lui caressa les cheveux.

— Peu importe, je vais voir.

Et passant devant elle, il entra dans la salle aux murs roses. Elle le vit aller droit au clavecin, sans un regard alentour, elle le vit s'arrêter devant, debout entre elle et l'instrument. Il ne se pencha pas, ne toucha pas l'instrument, mais fit entendre un sifflement vulgaire et discordant; elle le rejoignit.

La clef était dans la serrure, exactement comme elle se l'était représentée. Ellen tendit la main, la toucha; elle était bien réelle; elle la fit tourner et sentit le déclic du ressort; doucement, aisément elle souleva le couvercle, le repoussant lentement pour ne pas en écailler le vernis. Deux claviers, deux rangées de touches noires et blanches les marches du Parnasse s'étendaient devant elle. Elle en approcha la main, frappa une note, entendit un « la » qui résonna tel un ordre. Elle étira ses doigts et poussa un soupir, avant de plaquer un accord, de jouer une gamme, puis une ou deux mesures de la sarabande d'Anna Magdalena.

Basil parla, comme de très loin, alors qu'il était juste à ses côtés.

– Tu sais, chérie, elle a toujours dû être là.

Ses yeux bleus la fixaient attentivement, son front s'était plissé, sa large bouche était entrouverte. « Dans une seconde il va se moquer de moi », pensa-t-elle.

Elle le prit en haine, le gifla de toutes ses forces.

3

Tout en conservant les yeux clos, elle sentit une douleur cuisante, une chair chaude et douce céder sous la griffure de ses doigts et ses ongles déchirer la joue de Basil. Puis, rêvant toujours, elle ouvrit les yeux et constata avec horreur que la gifle avait ouvert une longue entaille sur son visage. Elle y porta la main, et entre ses doigts un gouffre, puis un paysage, semblait l'appeler. Tout à coup ce fut comme si le visage cessait d'exister, comme si la gifle avait balayé la distance qui la séparait d'une autre vision et, devenue minuscule, elle passa entre ses propres doigts, cherchant ce qu'il y avait au-delà. Basil la suivait.

— Cette nuit j'ai rêvé que je frappais Basil, disait-elle, les yeux fixés sur les lames ombre et lumière du store vénitien, l'ouïe agacée par le grincement de la mine sur la page du bloc-notes. C'était on ne peut plus réel. J'ai nettement senti le coup que je donnai. La main me cuisait, mes ongles avaient lacéré sa joue. Alors j'ai regardé ma main et — comment décrire ça — c'était tellement étrange, on aurait dit que la gifle avait fait disparaître son visage, pourtant il n'y avait pas de sang, pas de lambeau de chair ni de peau. En revanche, j'avais la vision d'une longue perspective qui fuyait et s'amenuisait et, tout au bout, d'une chose. Je n'arrivais pas à la voir exactement. C'était trop loin, trop vague. Quelque chose que je voulais approcher, qui excitait ma curiosité et se trouvait dans le lointain. Mais ma main s'interposait toujours entre cette... cette vision et moi... Je ne la voyais qu'entre mes doigts, comme un enfant qui regarde à la dérobée un spectacle étrange et fascinant. Je me souviens du problème que ça posait. Je me disais : « Si je retire la main, la vision s'effacera, mais si je ne la retire pas, elle sera toujours entre elle et moi. » Alors tout en continuant à m'interroger je décidai de passer au travers. Je me souviens d'avoir souri en me disant : « Maintenant tu sais que c'est impossible, que ça ne peut arriver qu'en rêve. » Mais, contre mon doute, je suis passée au travers de ma main et Basil aussi; il se trouvait juste derrière moi.

Elle s'interrompit et contempla le décor du cabinet médical. Ils étaient assis dans des fauteuils placés à une certaine distance l'un de l'autre. Ils pouvaient aussi bien être des amis en pleine conversation. Il y avait quelques livres, peu nombreux. L'éclairage, dispensé par des lampes intégrées aux moulures, était doux. Le Dr Danzer, affaissé dans son fauteuil, jambes croisées, son bloc en équilibre sur les genoux, le plus souvent ne la regardait pas et demeurait les yeux fixés sur sa page d'écriture. Elle ouvrit son sac et en sortit un paquet de cigarettes entamé, qu'elle secoua afin d'en extraire une, puis palpa l'étui. Il restait une ou deux cigarettes; il faudrait qu'elle pense à en acheter. Elle avait acheté une cartouche dimanche soir. Déjà à moitié entamée et nous n'étions que mercredi!

— Pouvez-vous vous souvenir d'autre chose?

Le médecin avait posé sa question tranquillement, avec un total détachement; elle en mesurait néanmoins toute l'importance. Il l'invitait à poursuivre sans rien omettre; il ne pouvait y avoir d'échappatoire.

— Je me souviens d'avoir voulu m'éloigner de Basil, mais quand je hâtais le pas, il en faisait autant. Bientôt nous nous sommes retrouvés tous deux en train de courir. Et pourtant il ne s'agissait pas d'une course ordinaire. Mes pieds semblaient à peine toucher terre, chacune de mes foulées couvrait plusieurs kilomètres; mais il n'y avait pas de sensation d'effort, je n'étais pas essoufflée, je ne sentais pas le vent sur mon visage.

» Nous avons couru longtemps. Je m'étais engouffrée dans la brèche pour atteindre un vague objet perçu au loin. Comme Basil me suivait, j'oubliais ma première intention, je ne pensais qu'à lui échapper. Je continuais à courir et à courir, et j'avais l'impression que plus j'allongeais mes foulées, plus le bruit de ses pas se rapprochait. Puis tout à coup je n'ai plus rien entendu. J'ai fait encore quelques pas avant de m'arrêter. Je me suis retournée lentement, à demi terrorisée à l'idée de me retrouver face à Basil, mais il n'était pas là. Il avait disparu. Et tandis que je me remettais du choc de sa disparition, j'ai pris conscience que le décor changeait. L'horizon se refermait sur moi. Le ciel, la terre, tout rapetissait, rétrécissait, partout où mes yeux se posaient. J'ai mis une main sur ma bouche pour ne pas crier, j'ai fermé les yeux, j'ai réfléchi : « Si je dois diminuer jusqu'à en mourir, je préfère ne pas m'en rendre compte. » Mais je ne suis pas morte. J'ai attendu longtemps, croyant que d'un instant à l'autre j'allais sentir un poids énorme faire pression sur moi de toutes parts et me broyer inexorablement. Mais il ne s'est rien passé et, après une nouvelle et longue attente durant laquelle j'ai rassemblé tout mon courage, j'ai ouvert les yeux.

» Je me retrouvais dans ma chambre devant ma commode, j'avais ouvert un tiroir et j'y cherchais un objet. Basil était à nouveau derrière moi. Je me souviens d'avoir pensé : « Ainsi pour finir, je ne lui ai pas échappé. Il n'a pas disparu. Il est entré ici avant moi, voilà tout. » Puis il me dit : « Ellen, pourquoi continuer tes recherches et espérer réussir? Tu sais que ça n'est pas là, que ça n'y est plus depuis longtemps, s'il y a jamais été. » J'ai donc tout fouillé et il avait raison. L'objet n'y était pas.

Ellen se tut. Elle avait les lèvres sèches, la gorge irritée. Elle ferma les yeux, prit son visage dans ses mains. Évoquer ce rêve la déprimait, lui donnait envie de fuir ce cabinet, de se retrouver dans la rue, au grand air. Elle se souvenait : le soleil brillait, il y avait de la brise.

— C'est tout?

— Oui, c'est alors que je me suis réveillée.

— Vous êtes certaine d'avoir tout rapporté. N'y a-t-il pas un petit détail que vous auriez omis, en jugeant qu'il ne présentait aucun intérêt? Ces petits détails peuvent être très importants, vous savez?

— Non, c'est tout ce dont je me souviens.

— Hmm!

Le Dr Danzer se redressa dans son fauteuil, ferma son bloc-notes et le posa sur la table.

— Voyons, une chose est certaine. Le début du rêve, le fait de gifler votre mari, était simplement la répétition de quelque chose qui s'était passé ce jour-là. C'est exact?

Elle hocha la tête, le docteur souriait, interrogateur, comme s'il s'attendait presque à ce qu'elle lui dise : « Non, ça ne s'est pas passé comme ça! Comment pouvez-vous être aussi borné? » Que répondrait-il à cela? Mais elle se taisait et se contentait d'acquiescer.

— Et selon vous que signifie cette balafre, cette course dans la brèche, la poursuite? demanda-t-il gentiment.

— Je suppose que vous faites allusion à une matrice symbolique, à un retour à l'état fœtal, au désir de fuir la réalité.

Il se leva et s'approcha d'elle.

— Un désir très naturel en ce moment. Rappelez-vous, Ellen, vous avez été malade, vous avez vécu dans un univers restreint à la mesure de vos besoins. Vous voilà revenue à New York et c'est bien différent. Un peu effrayant peut-être. Oh! vous ne voudrez pas l'admettre. Quand vous vous adressez à vous-même, vous êtes courageuse. Mais lorsque vous rêvez la nuit, alors c'est une autre affaire.

Il s'était retourné et contemplait par la fenêtre la lumière déclinante.

— Dites-moi, Ellen, quel était cet objet que vous aperceviez dans le lointain? La chose que vous vouliez atteindre. Ça ressemblait à quoi?

— C'était un clavecin, dit-elle, détestant chez lui cette manière de soutirer des secrets, détestant le temps que duraient les mots pour les dire. Cette aversion lui fit honte; elle eut un sourire de coupable.

— Donc, après avoir giflé votre mari, vous avez essayé de le fuir puis de retrouver votre clavecin. Mais votre mari vous a poursuivie, il ne voulait pas que vous lui échappiez.

— Et je n'ai jamais atteint le clavecin. Même après la disparition de Basil, je ne l'ai pas retrouvé. C'est alors que les choses se sont refermées sur moi et que j'ai tenu mes yeux clos. Quand je les ai rouverts, j'étais dans ma chambre en train de fouiller. Basil était à mes côtés et me disait que l'objet n'était pas là.

— D'après vous de quoi s'agissait-il?

Elle réfléchit avant de répondre. Elle ne lui avait pas encore parlé de sa recherche de la clef durant toute la journée de dimanche. Ça avait été si bête, penser qu'elle avait perdu la clef, alors qu'elle se trouvait là, sous ses yeux, depuis toujours. Pourquoi lui en parler? Elle n'était pas obligée de tout lui dire.

— Avez-vous une idée de ce que vous cherchiez? redemanda le docteur.

— Je cherchais sans doute la clef de mon clavecin, dit-elle avec une franchise naturelle. « Il sait que s'il m'interroge assez longtemps, je lui dirai tout, pensait-elle. Pourquoi ne puis-je rien garder secret? »

— Qu'est-ce qui vous fait penser ça?

— Dimanche, j'ai perdu la clef de mon clavecin. Je l'ai cherchée tout l'après-midi. Deux fois j'ai fouillé les tiroirs et tous les recoins de la maison. Puis Basil l'a dénichée là exactement où elle devait se trouver, dans la serrure du clavecin. J'étais terriblement vexée. C'est pour ça que je l'ai giflé. Il allait se moquer de moi!

— Pourquoi pensiez-vous avoir perdu cette clef?

— Je ne sais pas.

Le docteur baissa les yeux sur elle, posant la main sur le bras du fauteuil où elle était assise, puis se dirigea vers la fenêtre, d'où il se mit à la regarder de nouveau, sans rien dire.

— Vous pensez que je l'ai perdue pour une raison particulière? Sans doute, selon vous, n'avais-je pas le désir de jouer du clavecin? Mais ce serait ridicule! Pourquoi ne voudrais-je pas en jouer? Pendant des mois je n'ai pensé qu'à ça!

— Vous avez beaucoup travaillé depuis que vous êtes rentrée chez vous?

Elle se ratatina au fond d'elle-même. Les dents cruelles d'un piège s'étaient refermées sur sa chair tendre et désarmée. Serrant les mâchoires pour empêcher un tremblement des lèvres, lentement, avec une extrême attention, elle avoua :

— Non, je n'ai pas encore eu la chance de pouvoir en jouer, j'ai été trop occupée.

— J'imagine qu'il y avait beaucoup à faire, d'autant que vous avez été absente très longtemps. Mais je suis un peu surpris que vous n'ayez pas joué de votre instrument. Vous m'entreteniez souvent de votre intention de vous exercer six heures par jour. N'allez-vous pas donner un concert cet automne?

— Oh! si. Chaque jour, je prévoyais de m'exercer, mais j'ai eu tellement à faire. Je ne vais pas vous ennuyer avec ça. La maison! Rien n'est à sa place, tout est sens dessus dessous.

Elle avait pensé lui en dire davantage, lui dire qu'hier avait été une journée magnifique, qu'en milieu de matinée elle était partie pour une promenade dans le parc, envisageant d'y passer une petite heure, et finissant par ne rentrer chez elle qu'à la tombée de la nuit. Ou, comment lundi, elle était sortie faire des courses, allant de magasin en magasin, achetant robe sur robe, et qu'aujourd'hui, après cette entrevue, elle pensait se rendre chez *Julio* pour y retrouver Nancy et déjeuner en sa compagnie. Nancy avait téléphoné hier et le lui avait demandé. Elle n'avait pas pu se défiler — c'était la sœur de son mari. Surtout si l'on imagine que Basil était à l'origine de cette suggestion. Ça n'aurait pas été correct.

— Tout est si étrange, choisit-elle plutôt de dire. Si différent de ce que j'attendais.

Elle ne savait pas pourquoi elle lui disait cela; ce n'est qu'après avoir parlé qu'elle réalisa la vérité du constat.

— Que voulez-vous dire? En quoi les choses sont-elles différentes?

— La maison, fit-elle dans un murmure. Elle a changé. Oh! les meubles sont tous là, les tableaux sont à leur place. Mais, quand je cherche une chose, elle n'est jamais là où je croyais la trouver. Et je continue à découvrir... à découvrir des choses.

— Qu'avez-vous découvert?

— Des petites choses, rien d'important. De la poudre répandue dans un tiroir de ma coiffeuse. D'une couleur déplaisante à mes yeux et que je ne me rappelle pas avoir utilisée. Un portefeuille en cuir noir, un drôle de sac carré dont je ne me souviens pas. Des petites choses comme ça.

— En avez-vous parlé à votre mari?

— Non.

— Pourquoi?

— Il trouverait ça bizarre, non? Il penserait que j'ai oublié que ces choses m'appartenaient. Il pourrait penser que je l'accuse.

— Est-ce que vous ne l'accusez pas? Ne l'avez-vous pas accusé dans votre rêve?

— L'accuser? L'accuser de quoi?

Elle était indignée. Pourquoi le Dr Danzer ne disait-il pas franchement ce qu'il pensait? Pourquoi éprouvait-il toujours le besoin de le lui faire dire?

— Est-ce que ça ne revient pas à ça?

— Je ne vois pas à quoi vous voulez en venir.

Le médecin leva une main, la pressa sur son front. Il hésitait comme s'il pesait ses mots avant de poursuivre :

— Ellen, à la fin de votre rêve, quand vous vous êtes retrouvée dans votre chambre, Basil à vos côtés, après avoir échoué dans votre tentative de lui échapper à seule fin de retrouver votre clavecin, que vous a-t-il

75

dit? Je pourrais revoir mes notes, vous savez, et y relire ce que vous m'avez dit il y a quelques minutes. Mais je crois qu'il vous serait plus profitable, surtout dans ce contexte, de réévoquer votre rêve. Que vous a dit votre mari?

Elle ferma les yeux, revit sa chambre, la commode. Elle regardait un tiroir en désordre, un tiroir dans lequel de la poudre – de la poudre rose, d'un rose insupportable – avait été répandue. Et elle sentait la présence de Basil derrière elle; il lui suffisait de lever les yeux pour voir son visage dans le miroir.

– Il m'a dit : « Tu sais que tu cherches quelque chose qui n'est pas là, qui ne s'y trouve plus depuis bien longtemps, s'il s'y est jamais trouvé. »

Les mots s'échappaient hésitants, comme inconnus à ses lèvres. Une part d'elle-même s'écriait : « Tu n'as jamais rien rêvé de semblable, ce n'est pas vrai! » Mais une autre part raisonnait froidement, savait que ce que sa bouche prononçait était vrai.

Le médecin hocha la tête.

– Et selon vous qu'est-ce que ça signifie?

– J'avais peur d'avoir perdu quelque chose. Tout le rêve tourne autour de cette perte, non? Quelque chose qui impliquait Basil, quelque chose que je n'ai peut-être jamais possédé. Pourtant je continuais de chercher obstinément.

Elle se tut, dans l'attente qu'il reprît la parole, mais il se taisait comme il le faisait en cas de difficulté. « Tout doit venir de vous, lui avait-il souvent répété. Vous avez la solution, mais une part de vous-même la tient dissimulée. Il vous faut y penser et ça viendra tout seul. »

– Dans mon rêve, je voulais fuir Basil et retrouver mon clavecin, mais Basil continuait à me harceler et, après sa disparition, je n'ai pas récupéré mon instrument. Était-ce vraiment le clavecin que je cherchais?

— Dans un tiroir?

— Peut-être était-ce la clef du clavecin que je cherchais dans le tiroir. Dans mon rêve le clavecin pouvait représenter la clef, exactement comme dans la réalité, la clef représente le clavecin.

— Et où cela nous mène-t-il?

A Basil, pensa-t-elle. Il avait continué à la poursuivre et lui interdisait de retrouver son instrument.

— Peut-être que dans le rêve, Basil s'interposait entre le clavecin et moi pour m'empêcher de jouer?

— Basil vous a-t-il jamais interdit d'en jouer?

— Parfois j'ai l'impression qu'il n'apprécie pas mes goûts musicaux. Il aime d'autres choses. Les grandes symphonies dodécaphoniques, les œuvres de D...

— Mais vous a-t-il jamais empêchée de jouer?

— Quand j'étais malade. Avant mon hospitalisation.

Le docteur sourit, et détourna son regard. Pendant quelques minutes, il garda le silence, comme s'il attendait qu'elle poursuive. Mais elle refusait d'ajouter un mot. Pourquoi attachait-il tant d'importance à ce rêve? En d'autres circonstances, elle avait déjà rêvé à des aventures plus extravagantes et il les avait interprétées en quelques brèves explications. Essayait-il de prouver une faute? S'attendait-il à ce qu'elle fasse une rechute? Il lui fallait se montrer plus vigilante, choisir ses mots, réfléchir avant de parler.

— Ellen, fit-il, la regardant à nouveau, souriant, vous savez aussi bien que moi pourquoi votre mari vous défendait de jouer du clavecin quand vous étiez malade. Vous savez que d'en jouer vous rendait nerveuse et aggravait votre état. Mais vous n'avez pas répondu à ma question, Ellen. Je ne vous parle pas d'avant. Je sais ce qui s'est passé avant, et vous savez que je le sais. Je veux savoir si Basil vous a empêchée de jouer du clavecin ces jours derniers.

— Non, fit-elle lentement. Il a dit que je ne devrais pas trop m'exercer, qu'il était trop tôt pour donner un concert. Mais il ne m'a pas empêchée de jouer. Il m'a même aidée à chercher la clef.

Le docteur alluma sa pipe, elle observait la flamme aller et venir tandis qu'il aspirait, et activait le fourneau. Puis il exhala un épais et sombre nuage qui vola paresseusement du côté d'Ellen, provoquant chez elle une légère toux.

— Et le rêve, Ellen? Que cherchiez-vous dans votre tiroir?

— Quelque chose que j'avais perdu.

— Qu'aviez-vous perdu? Rapportez tout ce qui vous passe par la tête. Vite maintenant!

Sa voix était étonnamment pressante, et, à sa propre surprise, elle répondit :

— Basil.

Elle avait été incapable de tenir la promesse qu'elle s'était faite : se montrer plus vigilante, peser les mots qu'elle allait prononcer, en mesurer la portée. « Basil », répéta-t-elle, consternée par la facilité avec laquelle elle se trahissait. Son inconscient, tel un vieux chien de cirque, un vieux chien pelé, sautait et exécutait son numéro quand son dresseur faisait claquer le fouet. « Comme vous m'avez bien dressée, docteur Danzer », pensa-t-elle pleine de ressentiment.

— Vous aviez peur d'avoir perdu Basil? Vous voulez dire : son amour?

— Oui, je pense.

Malheureusement, il avait raison, il avait toujours raison. C'était ça la signification du rêve. Elle avait eu peur que Basil ne l'aime plus. Que ces deux années aient été trop longues.

— Avez-vous quelque raison de croire que votre mari ne vous aime plus?

A présent, le médecin s'exprimait doucement, comme si lui aussi avait honte du rôle qu'il l'obligeait à jouer. « Maintenant, si j'étais un vieux chien, il me donnerait un morceau de sucre et me gratterait derrière les oreilles, songea-t-elle avec, pour elle-même, un sourire désabusé. »

— Non, répondit-elle, il s'est montré très empressé, très amoureux. Mais...

Et elle ne put achever.

— Mais quelque chose sonne faux, quelque chose a changé, c'est ça? fit le Dr Danzer. Il est gentil avec vous, il vous aime — tout du moins le prétend-il —, mais il n'est plus celui dont vous aviez le souvenir. C'est bien cela?

— Oui. C'est exactement cela.

Le docteur se leva, parcourut la pièce du regard, agita une main dans le demi-jour. Après s'être assuré que l'attention d'Ellen restait fixée sur lui, il se dirigea vers la fenêtre et tira les cordons pour lever les stores. Le soleil de midi, étincelant, aveuglant, chassa l'obscurité de la pièce. Le docteur, ébloui, détourna les yeux, qui revinrent se poser sur elle.

— Ce n'est plus pareil, n'est-ce pas?

— Non, ce n'est plus pareil.

Et elle se leva pour partir, parce qu'à l'hôpital les stores levés annonçaient toujours la fin de l'entrevue.

D'un geste de la main, il l'invita à se rasseoir.

— N'est-ce pas une merveilleuse journée!

Elle hocha la tête. Le soleil était si éclatant qu'elle avait mal aux yeux.

— Je n'ai pas réalisé que le soleil était si ardent,

fit-elle. Je croyais que le ciel était légèrement nuageux quand je suis arrivée. Ou bien, songeant à l'avance à notre entretien je n'ai pas fait attention au temps qu'il faisait.

— Maintenant vous le remarquez, dit-il. D'abord vous constatez qu'il a changé. Puis vous vous demandez comment ça se fait. « Y avait-il des nuages auparavant? Il n'a pas plu, j'en suis certaine. Le soleil était-il aussi brillant ou s'est-il découvert peu à peu? Sans doute n'y ai-je pas prêté attention. J'étais trop préoccupée. » Voilà comment vous parlez à vous-même. Vous étiez trop absorbée par vos réflexions pour vous réjouir du beau temps.

Elle se leva alors, prête à s'en aller.

— Vous voulez dire que certaines choses m'inquiètent trop, que je suis trop introspective?

Il s'avança et lui prit la main. C'était la première fois qu'il avait ce geste. Il la regarda timidement, comme prêt à baisser les yeux à tout instant.

— Je pense que vous êtes un peu anxieuse, méfiante, que vous avez le trac. Ai-je raison?

— Oui, je crois que c'est ça.

Il relâcha sa main, fourra les siennes dans ses poches, ce qui gonfla sa veste de façon comique. Mais l'expression de son visage était grave.

— Ellen, que se passerait-il si votre mari était tombé amoureux de quelqu'un d'autre? Est-ce que ce serait si dramatique?

— Oh, fit-elle, je vous ai donné une impression fausse. Je ne crois pas que ce soit le cas. Ce n'était qu'un rêve stupide.

— Il n'y a pas de rêve stupide, Ellen.

— Je veux dire que j'étais simplement un peu angoissée. Il n'y a rien de vrai là-dedans. Basil m'aime.

Ce qu'il venait de dire la laissait désemparée tandis

qu'elle regagnait lentement la porte. Si seulement elle pouvait trouver quelque chose d'anodin à dire, quelque chose sur le temps qu'il fait!

— Vous savez, je vous ai menti il y a un instant. J'avais remarqué qu'il faisait un beau soleil avant d'arriver ici. Je ne sais pas ce qui m'a pris de croire qu'il y avait des nuages.

— Ellen, vous vous dérobez encore. Serait-ce si grave si Basil ne vous aimait plus?

— Je ne sais pas. Franchement, je ne sais pas.

Et, après ces mots, la peur l'abandonna. Elle se retourna vers le médecin, découvrit qu'il avait toujours l'air inquiet.

— Vous savez, Ellen, lui disait-il, il est possible que votre mari ait connu quelqu'un au cours de ces deux années. Comme vous le pressentez, il a peut-être changé. Vous devez faire face à cette éventualité.

— Je sais.

— Mais, Ellen, ce n'est pas le plus important. Basil, ce n'est pas vous. Vous seule êtes vous. Vous ne pouvez pas vous fuir. Il vous faut vivre avec vous-même, prendre votre vie comme elle vient.

— Oui, je sais. Mais je ne crois vraiment pas que... Je ne sais pas évidemment. Mais je ne crois pas que Basil...

— Je ne dis pas que c'est le cas, Ellen, je ne dis pas que ça arrivera. Je dis simplement que vous ne devez pas avoir peur d'affronter le changement.

— Je comprends docteur. Merci, au revoir.

— Au revoir, Ellen. En partant, s'il vous plaît, voulez-vous voir avec Miss Nichols notre prochain rendez-vous? Je pense que dans un mois ce sera suffisant. Vous savez que vous pouvez toujours me téléphoner en cas de besoin.

Elle referma la porte sans se retourner, et se dirigea

vers le bureau de Miss Nichols. Pendant qu'elle patientait devant la secrétaire, elle se rendit compte qu'elle était en train de pleurer.

Il n'y avait pas beaucoup de monde chez *Julio*. Ellen était arrivée un peu avant l'heure de pointe, et avait trouvé une table sur la terrasse. De là, elle voyait le zoo de Central Park, les groupes d'enfants allant et venant, vêtus de couleurs vives, les poneys aux crins emmêlés, traînant des charrettes aux teintes criardes, les ballons rouges et bleus tirant haut sur leurs ficelles au-dessus du stand du vendeur. C'était si beau, si vivant, si attrayant qu'elle eut envie de rester là au calme, sans rien faire d'autre que de s'attacher aux détails curieux de cette scène lumineuse, des détails qu'elle était sûre de découvrir si elle s'en donnait la peine : un enfant perdu – il y a toujours un enfant qui se perd dans un zoo –, un phoque qui applaudit, le pavillon des singes...

Nancy était en retard. Nancy était généralement en retard. Ellen ne s'était jamais efforcée d'aimer la sœur de son mari, bien qu'autrefois elles aient été assez liées, mais elle ne la détestait pas non plus. La majeure part de ses relations étaient de ce type. Un lien qu'elle ne trouvait ni agréable, ni désagréable, ni gênant, ni passionnant, qu'elle pouvait aussi bien ignorer qu'accepter. Basil aimait beaucoup Nancy, et, pour cette raison, Ellen avait souvent eu l'occasion de la rencontrer, ce qui allait certainement se reproduire. Bourrue, peu féminine, brouillonne, déconcertante et bavarde, Nancy avait souvent une conversation décousue et assez grinçante; comme le frottement d'une lame sur de la porcelaine, cela agaçait les dents. Ellen espérait aujourd'hui qu'il n'en irait pas ainsi. La contemplation du zoo l'avait tellement apaisée qu'elle aurait été comblée si elle avait pu ne pas penser et rester coupée de l'agitation de la ville et des problèmes que posait son retour au quotidien.

Le garçon approcha, elle lui commanda une boisson fraîche et pétillante qu'elle avait souvent vu commander par d'autres, mais qu'elle n'avait pas encore eu l'idée de consommer. Et elle retourna aussitôt à sa contemplation du parc, se laissant absorbée par le manège des enfants, des animaux, des ballons...

Soudain un cri à peine audible, couvert par une rafale de vent, orienta son regard vers une petite boule rose. A son côté, elle vit le costume bleu d'un policier penché sur elle pour la consoler, une enfant aux boucles blondes sous le béret rose, et dont les jambes sortaient comme des tiges d'une robe amidonnée. La petite fille était perdue, qui aurait pu en douter? Sans doute ses pleurs avaient-ils attiré l'attention du policier. Maintenant il lui caressait la tête, la réconfortait, lui disait de ne pas s'inquiéter : tout irait bien, maman allait bientôt revenir.

Le garçon posa un verre sur la table et elle détourna le regard en portant le verre à ses lèvres, curieuse de savoir si elle allait aimer le cocktail ou le trouver trop doux. Quand elle consacra à nouveau son attention au parc, la boule rose et la tache bleue avaient disparu; le kaléidoscope avait tourné et proposait une scène différente. Elle en était triste, frustrée presque. L'enfant perdue, l'espace d'un instant, avait fait partie d'elle-même. Elles avaient partagé la même aliénation. Leur détresse les unissait. A présent, le charme était rompu, et le parc était devenu quelconque avec sa petite ménagerie désordonnée, et elle n'était qu'une femme stupide qui perdait son temps à attendre une amie, à boire une boisson sirupeuse qu'elle n'aimait pas — elle aurait dû savoir à quoi s'en tenir avant de la commander...

— Chérie! comme tu as l'air triste par un si beau jour. Que se passe-t-il?

Nancy était là, le geste extravagant, le regard inquisiteur, agressif, les dents serrées sur un long fume-cigarette de jade où s'accrochait une cigarette à demi consumée.

— Que bois-tu?

Nancy se laissa tomber sur la chaise de l'autre côté de la petite table en métal vert, se baissa et parut s'affairer tout en roucoulant :

— Là! là! mon petit. Tiens-toi tranquille! Oh! N'est-il pas adorable! Tiens-toi tranquille, vilain. Là, là!

Ellen jeta un coup d'œil par-dessus la table afin de comprendre ce qui se passait, et aperçut le chien que Nancy avait amené. Une petite bête à la race imprécise, avec des oreilles bizarres et d'humeur folâtre. Nancy s'efforçait d'attacher la laisse à un pied de la table, tandis que la petite bête lui mordillait la main avec des grognements de joie.

— C'est Dangereux, fit Nancy. Est-ce qu'il n'est pas adorable?

— Pourquoi l'as-tu appelé Dangereux? Il a plutôt l'air d'un gentil petit chiot.

Nancy réussit enfin à fixer la laisse; à présent elle pouvait prendre ses aises.

— Ce n'est qu'un petit chiot, dit-elle. Il n'a que six mois, mais il est tout de même Dangereux. Il aime se faire les dents sur mes toiles et mes brosses. Il a une vitalité incroyable.

Ça allait être encore pire que ce qu'elle craignait. Nancy avait-elle toujours été aussi exubérante? Ou faisait-elle ce numéro pour dissimuler sa gêne de la retrouver après... après ce qui s'était passé? Elle se souvint que durant tout son séjour à la clinique, Nancy n'était pas venue la voir une seule fois. Non qu'elle lui en voulût – il y avait eu des jours où elle n'aurait pas pu affronter Nancy. Mais elle ne pouvait s'empêcher de se poser des questions.

– Comment vas-tu, chérie? C'est si bon de te retrouver après tout ce temps! Et qu'est-ce que tu bois? Tu ne me l'as pas dit, je te l'ai demandé pourtant. Si c'est vraiment bon, je vais en prendre aussi. C'est d'une si jolie couleur.

Ellen lui indiqua le nom du breuvage et le lui déconseilla. Nancy fit signe au garçon et commanda un dry Martini.

– Mais sec... très sec. Uniquement du gin et un soupçon... un soupçon, juste un soupçon, vous m'entendez! de votre meilleur vermouth. Et une demi-noix, juste la moitié d'une noix... au lieu de l'olive.

Nancy semblait avoir vieilli, sa bouche s'était légèrement durcie. Son large visage de paysanne aux traits rudes (elle essayait de le féminiser à grand renfort de fard, de rouge à lèvres, de fond de teint et de mascara, mais ne réussissait qu'à le rendre vulgaire) avait plus que jamais l'air d'avoir été grossièrement taillé dans le granit le plus dur. Ses mains, qu'elle n'arrivait jamais à débarrasser de taches de couleurs, s'étaient saisies du menu et le trituraient pour en faciliter la lecture. Elle balaya du regard la page imprimée comme si elle jaugeait un modèle nu, prenant note des hors-d'œuvre, entrées, desserts : l'anatomie d'un repas. Puis elle revint à son idée première :

– Ellen, tu avais l'air si triste. Quelque chose ne va pas?

– Je suis une enfant perdue; j'erre dans le parc; je ne sais pas où je suis, ni comment je vais rentrer à la maison.

Tout en parlant, elle souriait et prenait un malin plaisir à égarer la terre à terre Nancy.

— De quoi parles-tu? s'écria Nancy.

Perplexe, elle reposa le menu et regarda Ellen.

« Elle s'attendait à me trouver bizarre, mais pas à ce point », songea-t-elle. Elle poursuivit :

— Je contemplais le zoo et j'ai vu une petite fille qui s'était perdue pleurer à chaudes larmes. Un policier l'a trouvée et emmenée. Mais un instant, juste avant que tu arrives, je pensais être devenue cette enfant. Je me sentais un peu perdue, un peu triste, moi aussi.

— Bon, je suis heureuse que ce ne soit que pure imagination. J'étais inquiète pour toi quand je t'ai vue si mélancolique. Laisse-moi goûter ça, tu veux bien? Je ne peux pas résister à sa couleur. Pouah! ça n'a absolument aucun goût. Je préfère que ce soit toi qui l'avales!

Le chien sauta et fit diversion. D'abord il fallut lui caresser la tête, puis lui taper sur le museau, et l'écarter quand il commença à lécher les mains.

— Si je ne le dresse pas quand il est jeune, il n'obéira jamais.

— Et comment va ta peinture, Nancy? fit Ellen, consciente qu'il lui fallait alimenter la conversation pour empêcher Nancy de l'interroger.

Nancy était peintre et plutôt talentueuse. Elle avait fait plusieurs expositions. Toutefois, sa peinture ne trouvant pas preneur, elle était obligée de vivre de la générosité de son frère. Ellen savait que Nancy aimait parler de son travail, de ses toiles immenses et puissantes, qui semblaient reculer pour mieux vous jeter au visage la violence de leurs teintes.

— Oh! assez bien, répondit-elle, renfrognée. Pourtant je n'ai encore rien vendu cette année. Basil dit que c'est parce que j'ai voulu essayer le « Duco », ce produit qu'on utilise pour les voitures, tu sais. On l'étale en couche épaisse sur de l'aggloméré et ça donne un mat lumineux, fort, intense qu'on ne peut obtenir autrement.

– J'imagine que ce doit être plutôt criard.

Nancy étendit sa main par-dessus la petite table et saisit le poignet d'Ellen. Son regard étincelait.

– Mais, ça l'est, chérie! C'est là toute l'affaire. Avec ce produit, on peut peindre violemment. Ça vous oblige à être énergique, chérie. Tu devrais voir certaines merveilles que les Mexicains ont réalisées avec du « Duco ».

– Les Mexicains, tu veux parler de Rivera?

Ellen cherchait à se concentrer sur ce sujet comme on écoute le discours décousu d'un perroquet afin d'en saisir le sens; mais son esprit restait captif du cabinet du médecin. Jusqu'à présent, elle s'était forcée de ne pas penser à ses propos, d'ignorer le sens de l'allusion sur l'éclat du soleil et le changement de temps. Mais ça devenait de plus en plus difficile, surtout face à l'enjouement de son amie.

– Pas Rivera! s'écria Nancy. Les « vrais » Mexicains : Orozco, Siequieros. Ils ont fait des choses remarquables. C'est vraiment un art du peuple.

Rivera n'est pas un vrai Mexicain?

Elle se souvenait de la fureur de Nancy quand les peintures murales du Rockfeller Center avaient été détruites. Quand Rivera représentait pour elle le plus grand peintre vivant. Avait-elle changé d'état d'esprit? Ça n'aurait rien de surprenant. N'était-ce pas ce que le Dr Danzer voulait dire? Tout avait changé. Même Basil. Peut-être aussi qu'elle-même avait changé.

– Mais, chérie, poursuivait Nancy, tu es sûrement au courant. Le grand Diego est devenu complètement commercial. Vraiment. Un véritable épicier! Bien sûr, il a toujours été peu fiable — politiquement, je veux dire. Mais maintenant, il fait des peintures murales dans les boîtes de nuit de Mexico pour agrémenter l'industrie touristique! De grandes choses obscènes, délirantes. Et quand on regarde ses autres œuvres — ce qu'il faisait avant —, je t'assure qu'on se pose des questions. Oui vraiment, on se demande si on ne s'est pas fait avoir!

Ellen avait oublié à quel point les convictions de Nancy étaient influencées par le cours des événements, politiques en particulier. Basil et Nancy aimaient à se dire libéraux. Quoiqu'elle eût parfois douté du sens qu'ils donnaient à ce mot. Pour eux, c'était ce que faisaient les gens qui comptait; ils étaient habiles à flairer les idées à la mode, les tendances, et n'éprouvaient aucun scrupule à les suivre, quitte à brûler les vieilles idoles. Ils n'avaient pas peur du changement, et surtout ils n'avaient pas de racines. Ils étaient à la dérive sur la mer du présent, jetés ici ou là selon tel ou tel courant de l'opinion et le vent du moment.

— Je croyais que tu aimais Rivera? fit-elle, curieuse d'entendre quelles raisons son amie allait invoquer pour justifier son reniement du passé. Est-ce que tu ne peignais pas un peu à sa manière? Et ne fais-tu pas partie de ce groupe qui avait organisé une manifestation quand Rockfeller lui avait refusé ses murs à Radio City?

Nancy rit et tira sur la laisse du chien.

— Mais chérie, c'était il y a des années-lumière. Tant de choses se sont passées depuis!

Elle écarquilla les yeux pour mieux exprimer l'incrédulité.

— On fait tous des erreurs. Je suis la première à le reconnaître. Les goûts changent. Je sais que les miens ont changé. On avance, on progresse.

Le vrombissement d'une voiture recouvrit partiellement sa phrase, et plongea le petit chien dans une gesticulation frénétique autour du pied de la table. Il empêtra lui et sa maîtresse dans la laisse, aboyant furieusement. Un instant, la confusion fut totale.

Avant le café, Nancy ne fit pas allusion à la maladie d'Ellen. Tout au long du déjeuner, elle avait parlé peinture, racontant anecdotes et plaisanteries sur ses vieux amis, dont certains étaient encore plus excentriques qu'elle. Dangereux continuait à aboyer et à mendier de la nourriture. Tout d'abord Nancy avait refusé de céder en lui donnant une tape sur le museau.

— Assis, monsieur! Couché, vilain! Regardez-moi ça! Quelle peste!

Mais pour finir, l'incessant vacarme du chien avait eu raison d'elle et elle dut lui lancer les restes de son repas : bouts de salade, os de cotelette, maïs. Après les avoir éparpillés à l'aide du museau et créé ainsi un cercle graisseux, la petite bête les dédaigna, puis se mit à grogner et à essayer de mordre le garçon quand ce dernier voulut les ramasser. Le tapage avait empiré.

Nancy n'y prêtait plus attention et souriait à Ellen.

— Ça doit être agréable de retrouver New York après une aussi longue absence; mais raconte-moi, les choses ne t'ont pas paru un peu changé?

Ellen contemplait le parc, observait les arbres et les buissons agités par le vent; la question de Nancy la fit sursauter. Un instant elle crut se retrouver dans le cabinet du Dr Danzer, face au soleil éclatant qui venait d'entrer par la fenêtre, essayant de distinguer son visage dans le contre-jour. En se retournant, elle comprit que c'était bien Nancy qui venait de parler.

— Que veux-tu dire?

— Oh! je ne sais pas. Quand j'ai été absente, et que je reviens, je suis toujours un peu désorientée en m'apercevant que rien n'est tout à fait comme avant.

Mais il n'y a tout de même pas assez de différence pour que je puisse savoir ce qui a changé — si quelque chose a changé. Tu n'as pas la même impression?

Ellen hocha la tête.

— Rien ne semble à sa place, admit-elle.

Se rappelant que Nancy était la sœur de Basil, elle se reprocha aussitôt cet aveu et ajouta avec empressement :

— Basil pourtant n'a pas changé. Il est exactement le même.

La bouche de Nancy s'entrouvrit de stupeur et ses yeux clignèrent. Elle posa vivement sa tasse de café et s'agita, mal à l'aise, sur la chaise.

— Vraiment?

Ellen feint de ne pas remarquer l'étonnement de Nancy, prit sa propre tasse, l'éleva jusqu'à ses lèvres, mais ce ne fut qu'avec difficulté qu'elle avala le café brûlant.

— C'est peut-être parce que je n'ai pas cessé de le voir dit-elle, observant soigneusement sa compagne. Il est venu à la clinique chaque jour de visite, tu sais. Il a été parfait!

Nancy eut un sourire furtif.

— Évidemment, tu es meilleur juge, dit-elle avec douceur. Si j'étais à ta place cependant, je m'attendrais à quelque changement. Les hommes sont de drôles d'oiseaux.

Ellen rit et l'éclat de son propre rire la gêna, tant il était forcé et discordant.

— Tu oublies que Basil est tellement pris par son travail qu'il est incapable, des mois entiers, d'avoir conscience de ce qui se passe autour de lui. A moins que tu ne saches quelque chose que j'ignore...

Elle se tut, hésitante : allait-elle poser la question qui lui importait, et si elle s'y décidait, le ferait-elle gravement ou bien prendrait-elle un air détaché? Puis, sans avoir tranché, elle rit de nouveau, cette fois encore plus fort et plus sèchement. Et la question partit toute seule. Comme malgré elle, les mots se formèrent un à un. Elle avait l'étrange sensation que la voix qui les énonçait n'était pas la sienne.

— Il n'est pas tombé amoureux de quelqu'un d'autre, n'est-ce pas, Nancy? Ce n'est pas ce que tu es en train d'essayer de me dire?

Et ses doigts se crispèrent convulsivement; ses ongles griffèrent la nappe; son corps trembla.

Le visage de Nancy s'assombrit, mais rien qu'un instant. Déjà elle souriait tandis que d'une main, elle cherchait dans son sac un peigne et une glace et passait l'autre sur sa coiffure teinte au henné.

— Chérie, comment pourrais-je le savoir? Je ne suis que sa sœur, je serais la dernière informée.

Nancy habitait un grand immeuble qui donnait sur Washington Square. Basil payait le loyer du vaste atelier aux grandes et larges baies, de même qu'il réglait la plupart des autres factures. L'ameublement usagé venait de la maison de leur mère dans le Connecticut et était suffisamment ancien pour être revenu au goût du jour. Nancy les avait disposés avec un sens certain des effets dramatiques. Ils faisaient face aux baies donnant sur le Square; seul le chevalet était à contre-jour. De sorte que, lorsque l'on s'asseyait sur le lourd canapé de crin, ce que fit Ellen, on avait l'impression d'être projeté dans l'espace, catapulté dans les nuages.

Elle ignorait la raison de sa présence chez Nancy. Elle n'avait pas eu l'intention de rester plus longtemps en sa compagnie. Après avoir bu leur café chez *Julio* et s'être chamaillé avec Nancy parce que chacune voulait prendre l'addition, elle avait été sur le point de prétexter un autre rendez-vous. Évidemment, il n'y avait aucun rendez-vous ; tout ce qu'elle désirait, c'était se promener dans le parc, visiter le zoo, vagabonder librement une heure ou deux. Pourtant, quand Nancy avait suggéré de prendre un taxi pour se rendre au Village — « J'aimerais que tu voies mes dernières toiles, Ellen, avoir ton opinion sur l'une d'elles » — elle avait acquiescé. Non parce qu'elle avait envie de la suivre, mais parce que l'attitude mystérieuse de Nancy, son vague sous-entendu, associé aux propos du médecin, avaient aiguisé sa curiosité et accru son sentiment d'insécurité. « Si je reste avec elle, avait-elle pensé, elle laissera peut-être échapper autre chose de plus précis sur Basil ; je saurais où j'en suis. » Mais elle se l'avouait, la raison qu'elle se donnait recouvrait un autre motif qui était la peur.

Nancy fut d'humeur morose pendant le trajet. Après avoir donné l'adresse au chauffeur, elle s'était adossée à la banquette, son chien sur les genoux, et avait passé son temps à lui caresser le dos et lui tapoter la tête. Arrivées dans l'immeuble, elles avaient pris l'ascenseur. Nancy avait ouvert la porte de l'atelier, avait débarrassé Ellen de son chapeau, de son manteau, et avait disparu. Ellen attendait son retour face au bleu profond du ciel, que cernaient par endroits des masses nuageuses. Cette vue rompit son fragile équilibre en lui donnant l'impression d'être dangereusement suspendue au-dessus du monde, où elle plongea son regard avec effroi, comme saluée par son immensité, mise au défi de s'y jeter, de s'anéantir.

« Je suis tout simplement assise sur un confortable canapé, en train de regarder par la fenêtre, se raisonnait-elle, étendant ses jambes comme de longs et fins appendices. Je ne pourrais pas me lancer d'ici. Il faudrait d'abord que je me lève, que je marche jusqu'à la fenêtre, que je l'ouvre, grimpe sur le rebord... Je n'ai qu'à rester calme et tranquille sur le canapé, fermer les yeux et faire comme si je n'avais pas vu le ciel. Après tout cette impression n'est pas nouvelle, je l'ai déjà combattue de nombreuses fois. »

Mais quand elle eut fermé les yeux, elle revit le treillage, les taches de soleil, les barres d'obscurité, les reflets verts de la pelouse et des ormes. Elle se souvint de la désespérance de cette autre perspective, de la solitude en cage, la panique de la nuit. Les ténèbres s'insinuèrent en elle, effaçant l'image des barreaux. Bientôt elles la recouvrirent complètement. Ellen suffoquait et se mit à geindre. Quand elle rouvrit les yeux, elle détourna rapidement la tête, évitant par ce petit stratagème de voir la fenêtre et sa plongée dans l'immensité, et porta son regard vers l'entrée qui conduisait aux autres pièces. Un curieux bruit se fit entendre, le frottement de pattes griffues, une rapide et légère bousculade, comme si la mort avait eu de petits pieds, des griffes de rat et une clochette. La bouche entrouverte, le regard perdu, elle tenta de s'arracher du sofa, de hurler. Mais elle était en mauvaise posture. Son corps lui semblait paralysé, ses jambes aussi raides que des échalas. Elle était prise et tenue, liée par ses propres membres, la gorge nouée, incapable de prononcer un mot. Une main froide, inconnue, caressait son dos. « Si je n'avais pas si peur, ça m'amuserait, lui disait la part ironique d'elle-même, puisque j'ai réussi à devenir mon propre geôlier. »

Les grattements approchaient, mêlés à un murmure assourdi, à un hideux reniflement. Elle les sentait maintenant juste derrière elle, puis à ses pieds. « Je ne peux pas supporter ça plus longtemps. » Les doigts enfoncés dans le dur tissu du capitonnage, le dos arqué, tétanisée par l'effort, elle fit une dernière tentative pour se lever et fuir la source du bruit, se rappelant cette fois qu'il lui fallait replier les jambes, mettre en œuvre des mécanismes pour se redresser, changer de position, mais une fois de plus son corps la trahit. Alors l'horreur la toucha : un froid humide aux chevilles, à nouveau un brouillard noir apparut devant ses yeux. Soudain un éclat de voix dure, tel un coup de feu, brisa le silence. Et la raison revint, un instant mêlée à la confusion déclinante, comme soleil et pluie existent côte à côte par un jour d'été. Ellen commença à se détendre et, trop paniquée encore pour se baisser, tâtonna afin de reconnaître la chose qui l'avait terrorisée. Sa main rencontra, sous elle, un pelage dru, hérissé, un museau froid à l'instant où Nancy entrait dans la pièce avec un plateau en s'écriant :

— Dangereux! Où es-tu passé? Après quoi courais-tu? Vilain! Ah! Te voilà, sauvage! Mais, tu as fait peur à Ellen!

Ellen eut un rire nerveux, la main sur la bouche afin d'en dissimuler la grimace et d'étouffer les glous-sements. Son corps, délivré de la tension, s'était ramolli; elle eut l'impression d'être une poupée de chiffon sou-riante que l'on a vidée de sa bourre. Nancy, après avoir grondé le chien et déposé le plateau sur la table basse, fit preuve de sollicitude. Assise à son côté sur le large et vieux canapé, elle lui frictionnait les mains, lui caressait le front.

— C'est vraiment une sale bête. Qu'est-ce qu'il a fait? Il t'a sauté dessus, t'a montré les dents? Ce ne sont que des accès de rage, du bluff, des provocations. Une seule chose à faire, le menacer et il s'en va bouder. Regarde-le maintenant!

Et c'était vrai. Le stupide animal, dompté par la voix de sa maîtresse, rampait vers elles, la langue pen-dante, le regard servile. Ellen cessa de rire. C'était un spectacle navrant; l'évidente incapacité de nuire de cet animal, qui l'avait tant effrayée, l'amenait à s'interroger de nouveau. Les profondeurs de son psychisme renfermaient-elles un secret qui n'apparaissait qu'accidentellement, quand une association d'images (qu'est-ce que cela avait été cette fois? le bleu profond du ciel, ou le souvenir du treillage contre la fenêtre, ou les ténèbres du passé?) lui permettait de surgir dans la conscience? Un édifice submergé qui reposerait sur une fondation inconnue. Et s'il y avait cette chose, quelque chose d'assez proche pour pouvoir, en un instant, l'engloutir, comment réussir à la connaître et ainsi s'en débarrasser? Les vieux stratagèmes suffiraient-ils, la prétendue séparation de la raison et de l'émotion? Pourrait-elle faire preuve de détachement à l'instant même et s'analyser, mollement étendue sur le canapé, écoutant les roucoulades de Nancy, jusqu'à découvrir la source du mal et l'extirper? Non, elle ne le pourrait pas; pour une fois, elle était certaine d'en être incapable. Et mieux encore, dans une certaine mesure elle ne le désirait pas.

Le chien, rampant laborieusement, était arrivé à leurs pieds et Nancy se pencha pour le caresser. Son geste eut un effet magique : il galvanisa l'animal, transforma son apaisement en extase. Avec un entrain diabolique, il se mit à japper, à faire des cabrioles, à courir après sa queue. Une avalanche de notes chromatiques résonna dans la tête d'Ellen, tandis qu'elle assistait à cette fête. Chopin et sa valse lui étaient venus à l'esprit sans qu'elle y reconnût un rapport logique. Ou bien au contraire y en avait-il un? Ne l'avait-il pas écrite après avoir assisté à un tel divertissement. Elle pouvait enfin rire raisonnablement de sa peur.

— J'ai été stupide Nancy, avoua-t-elle. Je t'en prie, pardonne-moi.

— Mais bien sûr, chérie.

Écartant le chien qui aboyait furieusement, elle prit la carafe et versa du vin dans un des verres.

— Bois un peu, ça t'éclaircira les idées.

Elle but plus qu'un peu, elle but de nombreux verres. Tandis qu'elle dégustait ce vin légèrement râpeux, Nancy disposait ses toiles. Toutes semblables, elles semblaient d'énormes taches rouges ou jaunes, quoique ici et là on pût reconnaître un ouvrier, un bâtiment, un arbre. Devant chacune Nancy hochait la tête, chuchotait d'aise, chantonnait; elle prétendit en aimer certaines plus particulièrement, elle s'amusa même à déterminer celle qu'elle préférait entre toutes. Finalement la compagnie de Nancy ne pesait pas à Ellen autant qu'elle l'avait craint, sans doute parce que le vin l'avait émoustillée, ou bien plus simplement parce qu'elle s'habituait à sa compagnie. D'ailleurs, elle était heureuse d'avoir quelqu'un à ses côtés. Après ses frayeurs elle n'avait pas envie de se retrouver seule.

Penchée sur ses toiles, Nancy peinait à les ranger dans le placard quand un carillon assourdissant, très « Westminster », se fit entendre.

— C'est sûrement Jimmy! s'écria-t-elle en se relevant précipitamment.

— Qui est Jimmy? s'étonna Ellen.

Mais son amie s'était précipitée dans l'entrée, laissant derrière elle le placard ouvert avec son lot de tableaux en désordre. Il lui avait semblé voir rougir Nancy : à force de s'affairer ou parce qu'elle était un peu embarrassée?

Elle tourna le visage vers la porte sur le seuil de laquelle se tenait Nancy. Celle-ci cachait le visiteur. Ils parlaient à voix basse, Nancy du moins. Elle parlait vite et pas assez fort pour qu'Ellen puisse saisir le sens de ses paroles. Puis, alors qu'Ellen épiait et tendait l'oreille, la porte s'ouvrit plus largement. Nancy recula de quelques pas et un homme entra dans l'atelier, elle se détourna bien vite, ne voulant pas être soupçonnée d'indiscrétion, trop vite pour découvrir autre chose que sa tignasse. Elle prit une contenance en saisissant la carafe, et en se versant un autre verre de vin, et feint l'indifférence quand ils entrèrent dans la grande pièce.

— Ellen, fit Nancy, voilà Jimmy. Jimmy est un de mes meilleurs amis.

Obstinément, en partie à cause de la timidité qui était la sienne lors de présentations, elle s'abstint de lever les yeux. Elle ne vit donc que ses chaussures, des richelieux marron minables, aux talons éculés comme ceux de *son* Jimmy à elle. « Pourquoi est-ce que j'y repense? se demanda-t-elle. Je n'ai pas pensé à Jimmy depuis des mois. Non que je ne puisse plus m'en souvenir. Je peux revoir tout le passé, me rappeler chaque événement distinctement, avec précision. » Puis elle leva suffisamment la tête pour voir une paire de pantalons en flanelle grise, trop larges, fripés, identiques à ceux que portait le Jimmy qu'elle avait connu. Elle ferma les yeux, et les rouvrit très vite, regardant plus haut encore pour découvrir le blouson de cuir rouge usagé à fermeture Éclair, les bras courts et musclés, les larges mains appuyées sur les cuisses. Lorsque le blouson se plia, elle comprit, amusée que « ce » Jimmy s'inclinait devant elle. De nouveau elle cligna des yeux, en se disant : « Quelle drôle de manière de regarder un homme! » Puis elle leva la tête de façon à le voir en entier, s'attendant à rencontrer un nouveau visage.

Mais le visage qu'elle aperçut était celui d'un mort, qui reposait sur le côté, la sombre chevelure emmêlée sur l'oreiller, les lèvres douloureusement étirées, les paupières à demi closes, comme si le mourant ne pouvait endurer qu'un demi-jour. Elle sursauta et vit le sang noir, le visage meurtri...

A nouveau, elle se détourna, essaya de fuir mais, comme une autre fois, elle sentit les fils invisibles qui la soutenaient se détendre et lâcher... Elle ne tombait pas, de même que ce n'était pas Jimmy qui était mort, qui avait été mort, qui est mort, qui doit être mort. C'était impossible, ça ne se pouvait pas...

— Mon Dieu, s'écria Nancy, elle se trouve mal.

Sa voix était lointaine; elle s'élevait, refluait, se répétait.

— Le diable l'emporte! dit Jimmy d'une voix traînante. Qu'est-ce que j'ai fait encore!

Sa voix douce de ténor, mêlée à un accord de guitare nonchalamment pincée, contrastait nettement avec la perfection métallique du clavecin dont elle entendait encore le rythme décroissant, si précis et si lointain. Il fredonna, puis chanta pour elle sur des accords qui semblaient improvisés :

Jimmy grille le maïs et je m'en fiche!
Jimmy grille le maïs et je m'en fiche!
Jimmy grille le maïs et je m'en fiche!
Mon maître est parti...

Une âcre et puissante odeur l'agressa, l'obligeant à se redresser. Les larmes lui vinrent aux yeux; elle s'écria :

— Non, non, tout va bien.

Mais Nancy maintenait la petite bouteille d'ammoniaque sous son nez.

— La pauvre, elle est à bout... Le chien a aboyé après elle et lui a fait une peur affreuse!

Et la douce voix lointaine, *sa* voix répliquait :

— Bah, ça m'est déjà arrivé de faire de l'effet à des gonzesses, m'dame, mais qu'on me pince si c'est pas la première à s'évanouir en me voyant!

Alors elle se redressa pour fuir l'odeur du flacon et scruta le maigre visage buriné. Ce type de visage lui rappelait toujours les étoffes rustiques, les cuirs usés et, de manière plus inattendue, les salles bondées, mal aérées, et à l'éclairage triste. Le visage qu'elle croyait disparu à jamais était là. Alors, ne sachant comment réagir, voyant que Nancy, ses soins prodigués, était partie – sans doute ranger le flacon dans l'armoire à pharmacie – elle lui adressa un clin d'œil. Il le lui rendit, masquant lentement son œil, solennellement, comme s'ils venaient de signer un pacte.

– Vous vous sentez mieux, m'dame? J'en ai bien l'impression, fit-il avant même d'avoir achevé son clin d'œil.

Ellen se redressa sur le canapé et Jimmy s'avança. Elle vit qu'il tenait une guitare – comme ça lui ressemblait! Il la posa sur la table près de la carafe.

– Oui, je me sens beaucoup mieux maintenant. Ce n'est rien. J'ai été longtemps malade, vous savez, et quelquefois je suis encore un peu étourdie.

– Vous voulez dire abrutie m'dame, vous avez dit étourdie.

– Je veux dire étourdie. Voyez-vous, j'ai été hospitalisée dans une clinique psychiatrique.

– Vraiment, m'dame? enchaîna-t-il malicieusement, s'entêtant à la taquiner. Ma grand-mère a été en hôpital psychiatrique, mais elle est vieille et un peu fêlée. Vous n'êtes pas vieille.

– Faut-il vraiment continuer sur ce ton, Jimmy? Ce n'est pas drôle.

– M'dame (il écarquilla les yeux, mais ses lèvres restaient serrées comme pour retenir le sourire qui ne demandait qu'à apparaître), est-ce que je vous ai bien entendue, m'dame?

Avant qu'elle pût répondre, Nancy revenait – Dangereux cabriolait autour d'elle, mordillait sa jupe –, et Jimmy se levait.

— Reste assis, dit Nancy. Tu en as fait de belles; vous autres, gars du Sud, vous êtes tous les mêmes! (Puis s'adressant à Ellen.) Je vois que vous avez fait connaissance?

— Oui, répondit-elle.

Elle savait qu'il fallait en dire davantage, qu'il était urgent de parler, d'éviter à tout prix que Nancy ne se doutât de quelque chose. Mais elle ne réussit qu'à faire « oui ».

— Jimmy est la coqueluche du Village et des environs parce qu'il chante du folk à la manière dont il doit être chanté, sans arrangement Be-Bop. Tu devrais aimer ça, Ellen.

— Oui. (C'était comme si elle ne connaissait que ce seul mot qui ne signifiait rien, n'avait presque aucun son. C'était un réflexe, un mouvement machinal des lèvres, un bouton sur lequel on presse, une lumière qu'on allume.)

— Tu veux bien nous chanter quelque chose maintenant, Jimmy?

Nancy se montrait insouciante, mais visiblement sa curiosité avait été éveillée. « Elle sait qu'il s'est passé quelque chose, quelque chose que je n'avais pas prévu. Elle se demande ce que c'est. Si seulement il s'abstenait de chanter... », pensa Ellen.

Après avoir allumé une cigarette, il chercha maladroitement où poser l'allumette qui se consumait. Nancy traversa la pièce en courant – le chien aboyant sur ses talons – et lui ramena un cendrier. Comme par miracle, il déclara :

— Si tu veux bien m'en dispenser aujourd'hui, m'dame. J'ai mal à la gorge et j'ai deux représentations ce soir.

Il jeta l'allumette dans le cendrier et Nancy en s'excusant lui enleva la cigarette des lèvres.

– D'accord. Dans ce cas, il ne faut pas chanter! Mais je ne te laisserai pas non plus t'abîmer la gorge avec ces machins. Tu es comme tous les artistes, à ne jamais penser aux conséquences!

Elle se tut et le dévisagea pour voir si ses mots produisaient leur effet.

Il se leva et de sa voix traînante :

– Bah! J'peux encore gratter une guitare, m'dame.

Et avant qu'Ellen ait pu dire ouf, il avait ramené son instrument jaunâtre par-dessus l'épaule, plaqué sa forte main sur les cordes tandis que de l'autre il saisissait le manche. La mélodie s'éleva, grave, un peu appliquée mais juste, merveilleusement juste, avec un son ample, harmonieux : une figure dans une figure, la ligne d'une pensée.

– Oh, s'écria Nancy, c'est merveilleux, mais ce n'est pas une chanson folklorique?

– Non, m'dame, répondit-il en secouant la tête. (Parfois il porte l'accord un soupçon trop loin, jugea Ellen, mais quel son!) Ce n'est pas une chanson folklorique. Un pote m'a dit que c'était de Bach.

Ellen se leva. C'était le bon moment pour tirer sa révérence.

– Je regrette Nancy mais il faut vraiment que je m'en aille. Ma migraine, tu sais.

Et, disant cela, elle tourna son visage vers lui, qui, debout également, la toisait effrontément.

– Je suis heureuse d'avoir fait votre connaissance, monsieur...?

– Shad, m'dame. Jim Shad. Appelez-moi tout simplement Jimmy.

Il fallait continuer à jouer le jeu.

101

— Vous jouez vraiment bien, monsieur Shad. Connaissez-vous les *Variations Goldberg?*

— Les trente-deux, m'dame.

— Bien, maintenant il faut que je parte, sans doute vous reverrais-je?

— Où ai-je la tête? s'écria Nancy. Tu ne peux pas t'en aller seule! Tu t'es déjà évanouie deux fois cet après-midi. Jimmy, va avec elle. Raccompagne-la à sa porte. J'insiste!

Et Shad en souriant, sa guitare sur l'épaule, répondit :

— C'était bien mon intention, m'dame.

Elle se força à ne pas lui adresser la parole dans l'ascenseur, puis sur le trottoir devant l'immeuble. Le soleil se reflétait sur le bois jaune vernissé de la guitare qu'il avait posée contre un mur avant d'appeler un taxi. Il ne disait rien lui non plus, se contentant de donner un coup de sifflet strident qui amena une voiture vert et blanc de l'autre côté du square. Dès que le taxi ralentit le long du trottoir, elle se précipita, ouvrit la portière, sauta à l'intérieur et chercha à la fermer avant qu'il ne pût monter.

— Démarrez aussi vite que vous le pouvez, cria-t-elle au chauffeur.

Mais Shad fut le plus rapide; bien que surpris par sa manœuvre éclair, il réussit à attraper sa guitare et à agripper la portière au moment même où Ellen allait la claquer. Il l'ouvrit toute grande et grimpa, tenant précautionneusement son instrument devant lui, et se laissa tomber sur le siège à l'instant où la voiture démarrait.

Le chauffeur, en faisant grincer l'embrayage, la regarda par-dessus l'épaule.

— Tout va bien, madame? demanda-t-il.

Elle hésita, jeta un coup d'œil sur Shad, vit sa

large main serrer nerveusement le manche de la guitare, ses longues lèvres s'étirer et son regard sombre étinceler de fureur. Oserait-elle dire au chauffeur de s'arrêter? Trouverait-elle l'audace de descendre de la voiture? N'était-il pas plus raisonnable de parler d'abord à Shad et d'essayer de savoir ce qu'il voulait? Ce qu'il savait?

— Allez-y, tout va bien.

— Mais, dites-moi au moins où vous allez.

« Il ne faut pas qu'il connaisse mon adresse, pensa-t-elle. Je ne peux pas dire au chauffeur de me conduire chez moi. Il faut que je lui dise d'aller ailleurs. Mais où? où? »

— *Hôtel Plaza,* je vous prie, s'entendit-elle lui répondre d'une voix posée, bien que faible et lointaine.

— Très bien, madame.

Le chauffeur haussa les épaules et se tassa sur son siège. Il changea à nouveau de vitesse et le taxi prit un des virages du Square.

— C'est là que vous habitez? demanda Shad.

Sa voix ne traînait plus. Ses paroles étaient nettes, précises, sans accent, ni nasillement.

— Vous voilà revenue dans le monde.

Elle ne lui répondit pas, ne le regarda pas. Elle avait peur de le regarder. Mais elle l'entendit se mettre à siffler, doucement, par à-coups, quelques mesures à la suite, un air qu'elle connaissait si bien, qu'elle avait voulu oublier sans y parvenir : « La mouche bleue ». Puis il cessa de siffler et s'éclaircit la voix.

— Tu croyais que j'étais mort.

Ce n'était pas une question, mais le simple constat d'un fait.

Elle ne répondit pas. Elle avait l'impression qu'on serrait et desserrait alternativement un bandeau de velours sur son front. Les bruits de la rue – ces bruits dont elle n'avait pas conscience en temps normal – ne cessaient d'augmenter en intensité au point de l'assourdir : le sifflet d'un policier, le vrombissement d'un camion, le son d'une sirène au loin. Si seulement je pouvais porter mon attention sur quelque chose, pensait-elle, un point fixe. Si seulement je pouvais l'ignorer jusqu'à la fin du trajet, tout irait bien. Elle ne voulait pas tourner le regard dans la direction de Jim. Mais même lorsqu'elle jetait un coup d'œil par la fenêtre, elle distinguait le reflet voilé, fantomatique, de son visage sombre, de son regard ironique. Si elle regardait droit devant elle, elle ne voyait que la nuque du chauffeur, sa licence avec en photo sa gueule de truand et le compteur qui marquait déjà 40 cents.

— Tu croyais m'avoir tué, dit-il.

Il y avait une mouche sur la nuque du chauffeur, elle allait et venait sur son col et le bourrelet de chair juste au-dessous de la racine des cheveux. « Pourquoi ne la chasse-t-il pas? Elle doit sûrement le gêner! » se dit Ellen. Elle pouvait presque la sentir vagabonder sur son cou, elle en frissonnait. Après un instant, elle vit que la mouche n'était pas sur la nuque du chauffeur, mais sur la vitre de séparation. C'était bien ça! La mouche marchait sur la vitre transparente alors qu'au prime abord elle l'avait crue posée sur l'homme. Encore un exemple qui tendrait à prouver que nos perceptions sont trompeuses...

— Ça ne t'intéresse pas de savoir ce qui s'est réellement passé?

Shad lui posait la question avec calme et ironie.

Elle savait que si elle le regardait à cet instant, elle découvrirait les traces d'un sourire aux commissures de ses lèvres et un pétillement, faussement amical, dans ses yeux. Il avait toujours aimé agacer les gens; les conflits étaient pour lui le sel de la vie. Mais elle ne pouvait pas se permettre de céder à la colère, trop de choses dépendaient de sa maîtrise d'elle-même. De nouveau elle pensa à la mouche, la cherchant sur l'espace limité de la vitre qu'elle pouvait observer sans bouger. Elle la trouva juste à temps pour la voir s'envoler après s'être frotté les pattes.

— J'ai une grosse pile de coupures de presse chez moi, disait Jim. Il y a des choses intéressantes...

De nouveau il faisait traîner sa voix, ce qui rendait ses paroles encore plus sinistres.

— De quoi faire des gros titres bien gras, à faire peur, des gros titres te concernant, m'dame, qui pourraient intéresser certains lecteurs.

Le taxi s'était arrêté à un feu rouge de la 42e rue entre un car à impériale et un camion. Ellen ne pouvait pas se rendre exactement compte de l'intensité de la circulation. Si elle était assez encombrée mais pas trop, elle pourrait se risquer à ouvrir la porte, s'élancer entre les voitures, fuir Jim dans la foule. Pour le savoir, il lui fallait jeter un coup d'œil autour d'elle, croiser son regard. Et s'ils communiquaient, elle redoutait que tout se déroulât comme par le passé. Elle se retrouverait soumise. Elle lui laisserait faire ce qu'il voudrait. Tout recommencerait. Non, elle ne pouvait pas prendre ce risque.

Il poursuivait la conversation sur un ton moitié badin, moitié insinuant. Sa voix chaude et musicale gardait, même lorsqu'il parlait ainsi, quelque chose du charme particulier qui rendait son chant simple, bon et vrai. Ce qu'il disait, cependant, n'était ni simple ni bon, c'était effroyable de vérité.

— Je n'arrive pas à comprendre pourquoi tu ne t'intéresses pas à ce que je te raconte. Tu serais captivée si tu jetais un coup d'œil sur certaines photos publiées par les journaux alors qu'on te recherchait à travers tout le pays. Je leur ai procuré quelques clichés professionnels. Des photos de toi dans cet ensemble bleu que tu portais toujours. C'était mignon. Un peu léger mais terriblement suggestif.

Le taxi démarra d'un bond et se faufila à travers les interstices du trafic, passant les 43ᵉ, 44ᵉ, 45ᵉ rues. Les yeux rivés sur le compteur qui marquait maintenant 1 dollar 5 cents, elle décida de le provoquer.

— Essayes-tu de me faire chanter?

Il ne répondit pas aussitôt. Durant ce silence, ils dépassèrent deux autres rues et s'arrêtèrent à un feu de signalisation non loin de Radio City. « Le *Plaza* est près du parc, dans la 59ᵉ rue; encore dix pâtés d'immeubles et deux feux de signalisation, pensa-t-elle. Si seulement je pouvais me débarrasser de lui avant. Il croit que j'habite là et ne doit pas se méfier. Je devrais pouvoir lui échapper... »

— Tu m'étonnes, Ellen, dit-il avec son accent traînant.

Jusque-là, elle n'avait jamais remarqué combien il pouvait être commode d'avoir deux registres de voix. Deux timbres différents, dont l'un servait à menacer, l'autre à cajoler.

— Je pensais que tu aurais eu plus d'égards pour un vieil ami, Ellen. Je voulais te revoir, rien de plus, et parler du bon vieux temps. Chantage est un vilain mot, un mot terrible, Ellen. Tu aurais dû y réfléchir avant de l'employer.

Le feu rouge était interminable. Elle sentait le bandeau serrer son crâne davantage. Le compteur cliquetait de plus en plus fort; son disque noir et blanc semblait avancer et reculer en même temps. Elle décida posément, prudemment, que ce n'était pas le moment de parler, qu'en gardant le silence elle gagnerait du temps, et l'obligerait à se répéter.

— Je sais très bien pourquoi le chantage pourrait

t'inquiéter, fit-il en prenant un malin plaisir à accentuer le mot « chantage ». Ton mari est un homme très important, le chef d'orchestre d'une des plus anciennes formations symphoniques du monde. Un homme qui a une réputation. Penses-y, toi aussi, tu es célèbre, Ellen ; tu as une renommée à préserver. Il y a longtemps que tu n'as pas donné de concert, longtemps que les journaux n'ont pas parlé de toi. Oui. Maintenant que j'y pense, je comprends ce qu'un chantage aurait d'inquiétant pour toi.

De nouveau il marqua un silence, pesant ses mots.

– Ce ne serait pas très joli, non. Pas joli du tout, si les journaux recommençaient à parler de ces vieilles histoires, pour eux ce serait jouer sur du velours, Ellen. Et tu ne pourrais rien faire, absolument rien.

Le chauffeur fit rugir le moteur en le relançant avec impatience. Puis il changea brutalement de vitesse. La voiture eut une embardée et cala au milieu des jurons du chauffeur. Le véhicule derrière eux usa de son avertisseur, et un monstrueux car jaune et vert les dépassa comme la tortue dépasse le lièvre.

Ellen retint son souffle, le cliquetis du compteur l'assourdissait. Elle enfonça ses doigts dans le cuir du siège, espérant de toutes ses forces que rien n'entraverait le fonctionnement du moteur. En effet, le taxi se remit en marche mais seulement après avoir été dépassé par un autre car et plusieurs voitures aux coups d'avertisseurs moqueurs. Dès lors, malheureusement, ils avançaient lentement, passant à petite vitesse la 46e rue, hésitant, reprenant de la vitesse, s'arrêtant une fois de plus à un feu de la 47e rue.

– Oui, poursuivit Jimmy. Je vois très bien ce qui peut te préoccuper. Mais ce que je ne comprends pas, m'dame, c'est pourquoi tu penses que je m'abaisserais à un chantage...

Il s'arrêta sur ce mot.

Elle ne répondit pas. Le taxi avait repris sa route, silencieusement cette fois. Une brèche dans la circulation s'ouvrait devant eux, et le chauffeur, maniant son volant avec nervosité, s'y engouffra. Les pâtés d'immeubles défilèrent : 48e, 49e, 51e rue. Peut-être allaient-ils passer la 52e rue! Ils pourraient enfin arriver au *Plaza*! Mais non, il leur fallut encore s'arrêter à un feu, et la circulation s'intensifiait; ils furent immobilisés.

— Tu ne veux pas répondre, Ellen?

Comment aurait-elle pu lui répondre? Tout ce qu'elle avait en tête, c'était fuir, s'échapper de la voiture, loin des deux intonations de son insolente voix — le familier accent du Sud et cette autre manière de parler, concise et brutale à la fois. Encore sept blocs et ils seraient arrivés à l'hôtel. Un feu ou, avec un peu moins de chance, deux feux à passer! Elle ne pouvait penser à rien d'autre et elle n'osait pas lui parler. Au train où allaient les choses, il savait certainement ce qu'elle ruminait et avait déjà imaginé une parade.

Il se remit à siffler, doucement mais sans interruption, « La mouche bleue » et de temps en temps y glissait, en restant dans le ton, des allusions :

— Je t'aimais bien dans cet ensemble, Ellen. L'était terriblement mignon.

Elle se sentit rougir. Elle ressentait la brûlure de sa peau à travers ses vêtements. Il la regardait pensivement, la jaugeait, comparait la femme d'aujourd'hui à celle qu'il avait connue des années auparavant, la revoyant dans son petit ensemble presque transparent. Elle voulait détourner les yeux, mais pour une raison quelconque n'y réussit pas. Leurs regards se croisèrent; leurs mutuelles animosités y étaient manifestes. Puis il s'approcha et, avant qu'elle eût pu réagir, il l'avait prise dans ses bras.

C'était quelque chose de familier. Ses bras étaient toujours aussi forts, sa bouche aussi ardente et impudique. Elle se détendit, imaginant un chat qui traversait la pièce en s'étirant dédaigneusement, paresseusement, et lui rendit son baiser.

À l'instant même l'obscurité l'envahit, descendit en elle, ondoyant, l'enlaçant, l'attirant, avec amitié, sans hostilité. Elle s'abandonna. Ce retour aux ténèbres était un retour au foyer, une chute dans la paix et l'oubli. Plus de menace ici, ni la terrible agitation qui, autrefois, s'emparait d'elle quand elle se voyait happée par cet obscur pouvoir. Elle se laissa emmitoufler dans les brumes de la nuit, flotter à la surface de ses eaux noires.

Autrefois, cela avait paru sans forme et insondable : une catastrophe qu'elle avait voulu contenir, dont elle avait essayé de s'extraire à tout prix. Mais maintenant, l'océan nocturne avait assise, forme et signification : une béatitude, dans laquelle elle glissa aussi facilement qu'elle glissait dans le sommeil. Elle s'abandonna aussi volontiers que lorsque enfant elle grimpait sur les genoux de son père, heureuse de perdre son identité.

Son père avait été un homme énergique, sans bienveillance, mais passionné. Il avait tenu sa famille cloîtrée, enfermée dans les limites de son propre personnage et il leur avait montré le monde tel qu'il se le représentait. Son univers se bornait à son magasin. Avec ses étagères de livres et ses monceaux de fournitures de bureau, ses employés humbles, modestes, sa façade austère, ses fenêtres aux vitres plombées et son enseigne qui grinçait par jour de grand vent. Ce monde n'était animé que par sa fille, sa femme, soumise, et lui-même. Toutes deux servaient les clients. La mère tenait les registres et réglait les factures de sa petite écriture laborieuse. Ellen époussetait, astiquait, polissait les reliures de cuir, prenait les commandes, faisait les emballages, organisait les courses.

Le libraire avait vu les grands événements de son époque à travers la vitre teintée de son commerce. Terminée depuis quelques années, la guerre n'était plus que l'époque « où on dut entreposer dans la cave les éditions allemandes ». Une décennie de prospérité durant, il y eut tous les ans ses voyages en Europe l'été. Et pour Ellen de longues et chaudes journées confinées dans le magasin, tandis qu'elle aidait sa mère en l'absence du père.

Le bilan de fin d'année se comptait en caisses de livres, en cartons d'estampes, en belles reliures qu'il fallait tenir rangés. Les événements de la ville qu'ils habitaient leur parvenaient à travers le contact bienveillant de leur clientèle. L'incendie d'un entrepôt où quatre ouvriers perdirent la vie – tous les habitants rassemblés avaient assisté au spectacle des flammes dans la nuit – n'avait été mentionné que par hasard au cours d'une conversation avec le révérend Sawyer, le jour où il avait acheté une collection des œuvres complètes de Jonathan Edwards. Le soir même, son père leur rapporta de manière aussi fortuite, comment il avait vendu la collection au pasteur, sa honte de trouver un des volumes légèrement poussiéreux, et quel prix il en avait tiré. Tout ce qu'ils entendaient de la politique, des événements de l'étranger et des affaires locales était saisi au vol entre deux ventes de livres. Tout ce qu'ils lisaient, quand il leur arrivait de lire, était des ouvrages qui avaient été abîmés, qui ne pouvaient plus être vendus, ou bien des titres qui, pour une raison ou une autre, connaissaient la disgrâce du maître et devenaient de ce fait des marchandises périmées. Car son père était fier de son habileté à déceler si un livre avait été lu, ce qui en diminuait la valeur à ses yeux. Les livres sont aussi périssables que le beurre et les œufs, avait-il l'habitude de dire, et doivent être manipulés avec le plus grand soin.

L'obscurité, les brumes, le remous, autrefois effrayants, aujourd'hui apaisants, se trouvaient étroitement mêlés à tout ceci, aussi bien qu'à d'autres souvenirs. Comme les jours d'école où les enfants se moquaient de son langage affecté et l'excluaient de leurs jeux parce qu'elle était drôlement vêtue. Ou le piano droit que sa mère avait hérité d'un oncle. Il lui avait apporté la merveilleuse révélation de la musique : la variété infinie des notes et des accords, la sensation que produisait l'effleurement des touches avant l'étincelante, éclatante splendeur des crescendos. L'instrument l'avait aidée aussi à se libérer du magasin, toutefois il ne lui avait pas donné la possibilité de s'éloigner de son père, parce que, pour des raisons aussi impénétrables que celles qui fondaient ses autres passions – son magasin, sa famille, sa personnalité intègre, virile –, il partageait son ardent désir de musique, debout, les mains derrière le dos, penché sur elle tandis qu'elle s'exerçait. Il était prêt à la juger, une grimace de dégoût pour chaque fausse note et à lui tirer brutalement les nattes à la moindre mesure perdue.

Elle le revoyait à présent tel qu'il était, exigeant, la nourrissant de sa volonté, tandis qu'elle attaquait, bousculait le mystère des touches. Les vieilles cordes renvoyaient l'écho de leurs vibrations épuisées, soutenaient les harmonies discordantes et les rythmes infernaux. L'ombre de son père l'anéantissait, il était la mer, la nuit, l'image menaçante bien que protectrice qu'elle avait le désir de combattre quand bien même elle s'y soumettait. Et en arrière-plan, au-delà de la nuit, claire, lointaine, une autre musique se faisait entendre, une suite de mouvements élégants, un thème incrusté de tons métalliques, supérieure à ce qu'elle connaissait, tout en aisance et perfection, une essence qui n'était la sienne ni alors ni en ce moment, mais à laquelle elle aspirait, à laquelle elle était vouée. L'air qu'elle entendait était en conflit avec l'ombre noire envahissante, elle n'en provenait pas et semblait exister en dehors d'elle, dans un autre temps. Ces sons mélodieux n'avaient rien à voir avec la réconfortante détente qu'elle ressentait, cette obscurité tiède et confinée, pas plus qu'avec l'expression froide, impassible, de son père mort, reposant sur un oreiller de peluche couleur pêche, dans l'atmosphère fétide des roses et des draperies funèbres qui dissimu-laient la silhouette agenouillée d'un parent. Ils conti-nuaient à résonner en dépit de l'intrusion soudaine d'un vacarme qui changea les ténèbres en tourbillons de lumière. Ce chaos prit la forme d'images plutôt que de sons : un univers de cuir noir, où rayonnait un visage tanné, un disque tournant furieusement, passant du noir au blanc, comme une roulette folle, une voix gutturale qui la questionnait (« pour la deuxième ou la troisième fois », pensa-t-elle) :

– Nous sommes au *Plaza,* madame! C'est ici que vous vouliez descendre... Vous êtes sûre que tout va bien?

Et une autre voix, douce, traînante, une voix qu'elle connaissait assez pour la redouter, et qui disait :

– Mais oui, elle va bien, une simple petite défail-lance. Elle va se remettre, et bientôt elle sera gaie comme un pinson. Merci de votre sollicitude.

Elle ouvrit les yeux. Jimmy lui souriait d'un air narquois. Il tendait de l'argent au chauffeur qui se tournait vers lui. Elle voulut se lever mais Jimmy la retenait fortement par le bras. Cette violence lui rappela dans quelle situation difficile elle était, et accrut son

112

désir d'en sortir. Il posa sa guitare, l'aida à quitter la voiture puis lui reprit le bras. Côte à côte, ils se dirigèrent vers le portier.

— Madame vient d'avoir un léger malaise, expliqua Jim à l'homme en uniforme. Voulez-vous veiller sur elle pendant que je récupère mon instrument.

Le portier l'assista dans la montée de l'escalier, et Shad retourna à la voiture.

En haut du perron, elle écarta la main secourable du portier et se retourna. Ses gestes semblaient lents et solennels; Jimmy également paraissait très résolu. La scène, brutalement éclairée par le soleil, avait quelque chose d'irréel, de théâtral. « Je ne suis pas devant ce célèbre hôtel où j'ai déjà dîné et dansé, mais dans un décor. L'homme à côté de moi dans son élégant uniforme n'est pas vraiment un portier, c'est un vieil acteur; et celui que je regarde, en train d'ouvrir la portière de la voiture pour y prendre sa guitare, n'est pas Jim Shad mais mon partenaire dans un film! »

Elle chercha un instant à se convaincre que la conversation dans le taxi n'avait été que l'un des épisodes du rêve qu'elle fit lors de son évanouissement. Mais sa raison et sa présence d'esprit reprirent le dessus. Elle se tourna vers le portier — c'était un homme âgé, au visage rouge et bouffi, aux yeux bleus porcelaine —, et lui dit :

— Ce type m'embête. Voulez-vous l'empêcher de me suivre, s'il vous plaît?

Et avant qu'il eût pu lui répondre — elle n'attendit que le temps de voir une lueur d'indignation enflammer ses yeux fatigués —, elle s'élança dans la fraîche pénombre de l'hôtel, s'engagea dans un couloir qu'elle connaissait bien, et sortit par une porte de service. Un autre taxi stationnait le long du trottoir.

Elle donna son adresse au chauffeur et se blottit

dans un coin pour ne pas être vue de l'extérieur. Sa peur n'avait nullement disparu, mais elle savait qu'à présent elle était relativement à l'abri de Jim. Oh! Il embobinerait le portier sans la moindre difficulté en lui racontant un beau mensonge, peut-être même en lui collant un billet dans la main. Mais pour l'instant, plusieurs blocs les séparaient et ce sursis rendait possible sa fuite, pour le moment tout du moins.

Pour le moment! Elle soupira et pressa sa main froide sur son front. Que ferait-il ensuite? Irait-il voir Basil et lui dirait-il la vérité? Pas tout de suite. S'il veut de l'argent, il essaierait d'abord de la revoir. Et c'était certainement le cas, bien qu'il s'en défende et continuerait à s'en défendre évidemment. Est-ce que ça n'avait pas toujours été un des traits de son caractère : obtenir les choses indirectement, amener l'autre à deviner ce qu'il voulait?

Mais que se passerait-il s'il allait voir Basil? Elle fouilla dans son sac et alluma une cigarette d'une main tremblante. S'il faisait ça, s'il racontait à Basil tout ce qu'il savait... Elle préférait ne pas penser aux conséquences. Basil avait été patient et − ce que les gens disent d'un époux quand sa femme abuse − magnanime! Il avait été remarquablement bon pour elle au cours de sa longue maladie. Maintenant, alors qu'ils étaient prêts à tout reprendre à zéro, il fallait que Jim Shad sorte de sa boîte!

Elle regarda par la vitre et vit qu'elle n'était qu'à un bloc de chez elle. Par prudence, elle demanda au chauffeur d'arrêter le véhicule en frappant sur la glace de séparation. Elle allait régler sa course maintenant et faire à pied le reste du trajet. Elle préférait s'assurer qu'elle n'était pas suivie.

En traversant l'avenue, elle découvrit un autre taxi stationné juste en face de chez elle. Ça ne voulait peut-être rien dire ou au contraire présenter une menace. Elle ralentit le pas, hésitante, attendant de voir qui allait entrer ou sortir. A cet instant, le soleil, que le haut d'un immeuble cachait, apparut et allongea d'insolites rayons rouge et or dans la rue. Quelqu'un ouvrit la porte, descendit les marches et courut vers le taxi.

Elle ne l'aperçut qu'un instant et sous un éclairage étrange, mais sa silhouette était nette ; c'était l'image de la jeunesse. La grâce de ses mouvements était inoubliable. Quand Ellen voulut savoir par quelle porte la fille était sortie, elle s'était déjà refermée ; et quand son regard revint sur le taxi, il avait disparu.

Tout en accélérant l'allure, Ellen ne pouvait s'empêcher de penser à ce que le médecin lui avait dit : « Votre mari pourrait avoir rencontré quelqu'un au cours de ces deux années. Vous avez peut-être raison, il se pourrait qu'il ait changé. Quand elle eut ouvert la porte, elle se dirigea immédiatement vers la console de l'entrée, ouvrit le tiroir et retourna fiévreusement les lettres et les cartes. »

Elle n'était plus là, pourtant elle s'y trouvait il y avait à peine quelques jours, l'enveloppe lavande, qu'une main féminine avait adressée à Basil. Qu'elle ait été là, il n'y avait aucun doute. Son parfum provocant imprégnait encore tenace, le tiroir. Mais la lettre avait disparu.

4

Elle entrouvrit le couvercle de la boîte à lettres froid et humide, jeta un dernier coup d'œil sur l'enveloppe carrée, sur sa propre écriture, remarqua les gouttes de pluie qui y formaient des taches rondes. A regret, elle la lâcha, entendit le bruit que fit le couvercle en retombant. La lettre était partie maintenant, elle ne pourrait plus la reprendre. Demain, il la lirait! Cette idée la réjouissait, elle regarda autour d'elle pour voir si quelqu'un l'avait vu faire.

Cette rue du village était déserte; les branches des chênes, qui la bordaient, bruissaient et pliaient sous la pluie; des rigoles d'eau noire ruisselaient de leurs troncs. Il fallait qu'elle regagne le dortoir, sans quoi elle allait attraper la mort! Se serrant plus étroitement dans son imperméable, elle entreprit péniblement de remonter la rue. C'était idiot d'attacher tant d'importance à une pauvre petite lettre! Elle rit en se moquant d'elle-même; une grosse goutte de pluie descendit le long de son nez, mouilla ses lèvres, et la fit rire plus fort. Un type célèbre comme Jim Shad ne prêterait aucune attention à un billet d'écolière! Pourtant, ça n'avait rien d'impossible (sait-on jamais), et s'il s'y décidait, s'il lui accordait un entretien pour le *Conservatory News,* cette fine mouche de Molly Winters serait verte de jalousie!

Cet espoir la réchauffa en dépit de la froide pluie de printemps et elle se mit à fredonner cette aria de Bach qu'elle considérait comme sa propriété. Généralement elle se sentait mieux quand elle la fredonnait, et quand elle se sentait bien, elle avait aussi envie de la fredonner parce que tout ça s'enchaînait si bien. Elle aimait son mouvement ascendant, puis déclinant, sa calme dignité, son aisance, la perfection des petits trilles. « Mais, soupirait-elle, elle ne pourrait jamais jouer ce morceau (sinon le fredonner!) aussi bien qu'elle l'entendait dans sa tête. » M. Smythe affirmait qu'un jour elle y arriverait, que la seule chose à faire c'était de s'exercer, s'exercer et s'exercer, qu'il n'avait jamais eu une élève aussi douée. Mais ce drôle de M. Smythe, avec ses cheveux bouclés qui ne réussissaient pas à dissimuler sa calvitie, était un vieil ami. Il l'aimait bien, voilà tout.

Elle avait eu l'idée d'écrire à Jim Shad deux semaines auparavant, quand Molly, Anne, et elle-même s'étaient glissées dehors après que la surveillante fut partie se coucher. Elles avaient pris un taxi pour Middleboro. Elles l'avaient d'abord entendu à la radio et, depuis plusieurs mois, elles profitaient de la moindre occasion pour aller l'écouter au *Chat Noir*. L'ennui, c'est que le *Chat Noir,* une auberge à la mode, était à quinze kilomètres du conservatoire, et les filles n'avaient pas la permission de sortir après onze heures, même le samedi soir. De plus, ça coûtait cher. Ça leur avait coûté près de cinq dollars chacune la dernière fois qu'elles y étaient allées, en incluant les trajets en taxi et des Coca-Cola à cinquante cents. Elles n'auraient pu s'y rendre si Molly n'avait pas reçu sa pension du mois suivant, si Ellen n'avait pas découvert à quel moment la surveillante allait se coucher, et comment sortir par la porte de la cave sans la réveiller.

Mais Jim Shad valait bien ça! Il était tout simplement magnifique! Grand et mince, le visage hâlé, des cheveux noirs et bouclés, dont une mèche retombait sur les yeux, il avait une délicieuse voix de ténor, naturellement lente et juste, et vous donnait l'impression de ne chanter que pour vous. Ellen, en particulier, raffolait de ses chansons; certaines, vieilles de plusieurs siècles, venaient d'Angleterre; d'autres, des montagnes du Kentucky, du Tennessee, ou de l'Ouest. Elle se souvenait de l'une d'elles : « La mouche bleue. » Elle aimait cette chanson presque autant que le morceau de Bach.

On était lundi aujourd'hui, ce qui voulait dire qu'il recevrait sa lettre mardi et que, s'il lui répondait immédiatement, elle aurait sa réponse mercredi, ou jeudi au plus tard. Oh! Que ne donnerait-elle pas pour voir le regard de Molly Winters à ce moment-là! Puis quand elles iraient au *Chat Noir* samedi, Jimmy (elle aimait l'appeler Jimmy mais bien sûr par correction elle l'appellerait M. Shad) viendrait à leur table et s'adresserait à elle. Et tout ce qu'il dirait, en dehors des choses personnelles, serait imprimé dans le *Conservatory News*. Oh! C'était trop beau pour être vrai!

La pluie tombait à verse, de grands voiles de brouillard aveuglant venaient à sa rencontre dans la rue obscure, les lampadaires n'étaient plus que des globes immergés. Ses chaussures plates à semelle de caoutchouc émettaient un bruit de succion comme elle courait sur les pavés ruisselants. Les gouttières débordaient et gargouillaient sous le déluge. Si la pluie traversait son chapeau, comme c'était déjà arrivé plusieurs fois, sa frisure s'évanouirait et il lui faudrait une nouvelle mise en plis d'ici samedi. Elle n'avait pas assez d'argent pour s'offrir le coiffeur et le *Chat Noir,* aussi courait-elle de plus en plus vite, le cœur battant, la pluie cinglant son visage. La dernière partie du chemin jusqu'au foyer montait; arrivée sous la véranda basse à colonnes blanches, elle était hors d'haleine. Elle s'attarda un instant sous le porche, à regarder les balançoires luisantes et l'escarpolette qui grinçait dans le vent, avant d'essuyer ses pieds sur le paillasson et de pousser la porte.

Son père, grand, tel un spectre, lui barra le chemin. Par-dessus son épaule, elle apercevait l'étroit couloir et respirait une odeur pénétrante et écœurante de fleurs. C'était impossible! N'avait-elle pas, quelques minutes auparavant, posté une lettre, fait le trajet de retour jusqu'au dortoir du conservatoire? Et pourquoi, en ouvrant la porte du foyer, voyait-elle, non pas le large corridor et l'escalier tapissé de rouge auquel elle était habituée, ni le visage jovial de la surveillante, mais celui sévère et courroucé de son père? Déconcertée, elle s'avança, essaya de contourner son père, les yeux fixés sur les traînées humides qui marbraient le tapis, tandis que l'eau dégoulinait de son chapeau et de son imperméable.

Elle se sentit alors saisie à l'épaule, empoignée brutalement et plaquée contre ce grand corps dur. La violente odeur des fleurs, un arrière-goût de décomposition emplirent sa bouche. Elle en eut la nausée. Le malaise et la rancune la poussaient à la témérité. Elle s'interdit farouchement de lever les yeux. A un étage supérieur, quelqu'un faisait ses gammes, les répétait inlassablement, et manquait à chaque fois la même note. Tandis qu'elle prêtait l'oreille, elle entendit la voix de son père, sèche et saccadée : « Effrontée! Tu es une effrontée! Sortir, alors que ta pauvre et sainte mère est là, morte. A courir les rues comme une femme perdue. Parle, dis quelque chose! Dis-moi où tu étais! »

Mais elle ne dit rien. Les mots de colère qui bouillonnaient en elle ne passèrent pas ses lèvres. Elle écarta la main de son père, traversa l'entrée en courant et monta l'escalier. Il la poursuivit, la respiration sifflante, la rattrapa, la fit plier devant lui et, d'une main sous son menton, l'obligea à lever la tête. Mais elle refusa d'ouvrir les yeux — elle ne voulait pas le regarder —, même quand il se mit lentement à la maudire, usant d'injures dont elle ne comprenait pas le sens. Il lui tirait la tête en arrière jusqu'à ce que sa conscience défaille, que les ténèbres se fassent épaisses tels le pelage d'une bête, une étoffe moelleuse, une nuit profonde, et finissent par l'engloutir...

Puis elle se retrouva agenouillée dans une chambre surchargée de bouquets, les mains pressées sur ses flancs, submergée par le lourd et douceâtre parfum des fleurs, emmurée par elles, enfermée avec la chose dans le cercueil! Ils l'avaient obligée à regarder la chair froide et sans vie qui n'avait plus de sa mère que les pâles paupières, les joues poudrées, les lèvres dont le fade sourire n'avait jamais été tel dans la vie. Puis son père et le pasteur lui avaient ordonné avec des paroles caressantes d'embrasser ces lèvres, insistant jusqu'à la faire frissonner.

Accompagnée du murmure des amis et des parents, semblable à celui d'une foule qui attend une mise à mort, elle était tombée à genoux, avait fermé les yeux, mais avait refusé de joindre les mains en un simulacre de prière et les avait gardées raidies contre ses flancs, tandis que la voix vibrante du pasteur prononçait l'éloge funèbre.

« ... une femme bonne, qui a marché à nos côtés, une femme que nous avons connue et aimée, une femme qui a pris soin de son enfant, l'élevant, la protégeant et qui, maintenant, au terme de son séjour parmi nous, lui a remis la coupe de la vie pour l'inviter à la boire, l'inviter à vivre la vie édifiante qu'elle a eue, à l'imiter, à être véritablement la fille de sa mère et à vivre tous ses jours dans la présence de Dieu... »

Les mots lui faisaient horreur; ils la tenaillaient comme des monstres avides. Les yeux toujours clos, les mains alourdies et inertes, elle se releva, vacillante et se retourna. La voix du pasteur bourdonnait, monocorde, comme une machine; le groupe des parents et des amis exhala un grand soupir mêlé de réprobation. Elle ouvrit les yeux et les affronta : paquets de tissus, excroissances de bras et de jambes, balancements de ballons roses qui leur servaient de visages. Un instant elle leur fit face tandis qu'un sentiment de terreur l'envahissait, l'immobilisant, faisant d'elle une compagne adéquate pour la chose dans le cercueil. Puis elle s'enfuit dans l'entrée, passant devant l'enfant des voisins qui s'ennuyait sur le tabouret du piano, et monta l'escalier. Arrivée sur le palier, elle entendit l'appel furieux de son père, et son écho se perdre dans les limbes. Alors elle comprit qu'il était trop tard pour revenir en arrière, qu'ayant commencé à fuir, elle était condamnée à continuer; qu'une fois la scène abandonnée, elle ne pourrait plus y retenir un rôle. Elle continua sa course jusqu'au couloir du deuxième étage, qu'elle ne prit pas même le temps de reconnaître, le traversa d'une foulée, poussée par la peur. Et elle se retrouva, non pas dans sa chambre, chez elle, mais dans le dortoir, sauve au sein de l'obscurité de ce lieu familier qui ignorait les colères du père, loin, par l'espace et le temps, de la maison où elle avait passé son enfance, ce lieu de fureur et de mort, où régnait le doux miasme de bouquets funéraires.

Molly Winters, sa compagne de chambre, était

assise au bureau, la tête dans les bras, endormie sur une partition qu'elle devait étudier. Machinalement, elle claqua la porte, faisant sursauter Molly qui lui demanda sur un ton de reproche :

— Où étais-tu passée?

— Je suis allée poster une lettre. Il pleut à verse.

Elle gagna l'armoire, accrocha son manteau dégoulinant et son chapeau, de la main fit bouffer ses cheveux humides, et s'approcha de la glace pour voir si les frisettes avaient disparu. Non, elles avaient résisté, mais à quel prix! Elle entreprit de se brosser vigoureusement les cheveux pour les sécher, ignorant Molly qui continuait de la regarder comme si elle ne l'avait jamais vue ou ne devait plus la revoir. « L'idiote, pensait-elle, elle mourrait de jalousie si elle savait que j'ai écrit à Jimmy Shad! »

— Ellen! Je ne vais pas pouvoir aller au *Chat Noir* avec vous samedi.

Molly parlait d'une voix hésitante et attristée.

— Mes parents viennent me voir à la fin de la semaine, j'ai reçu leur lettre cet après-midi.

Elle continua à brosser ses cheveux comme si de rien n'était, pourtant à ces mots son cœur battit la chamade. Si Molly ne pouvait pas venir, ça voudrait dire qu'Anne non plus ne viendrait pas. Anne n'allait jamais nulle part sans Molly. Et si Anne ne venait pas, il faudrait qu'elle y aille seule. Elle était déjà allée seule dans une boîte de nuit et elle n'avait pas envie de retenter cette expérience; ça n'avait rien d'agréable. Mais elle avait posté la lettre. Si elle ne bougeait pas, elle raterait la chance de le rencontrer. D'un autre côté, si elle allait au *Chat Noir,* elle pourrait le voir sans la présence de Molly ou d'Anne. Elle irait, c'était la seule chose à faire! Elle passa la brosse encore plus rapidement et énergiquement.

— Anne vient toujours? demanda-t-elle à tout hasard, faisant en sorte que sa voix ne trahisse pas son énervement.

Dans la glace elle vit la grimace de dépit de sa compagne.

— Anne dit qu'elle n'ira pas si je n'y vais pas. J'ai essayé de la persuader mais, vois-tu, j'ai l'impression que ça ne l'intéresse pas vraiment. Anne, il faut toujours la traîner, elle ne prend pas d'initiative. Je regrette, Ellen, je sais que tu as envie d'y aller.

Elle vit un sourire équivoque flotter sur les lèvres de Molly; il fit aussitôt place à un air de contrition. « Elle est toute contente de gâcher mes projets! Je vais lui faire voir. » Et, sans manquer un seul coup de brosse, elle poursuivit :

— De toute façon j'irai là-bas. Il faut bien que l'invitation serve à quelqu'un.

— Mais Ellen, c'est impossible! (La voix de Molly était désespérée.) Tu ne peux pas aller là-bas toute seule. Que diront les gens?

— Qu'auraient dit les gens si nous y étions allées ensemble?

Elle se retourna et regarda sa compagne, satisfaite de son désarroi.

— Tu sais aussi bien que moi que personne au conservatoire n'est supposé se rendre au *Chat Noir,* reprit-elle. Le doyen a fait épingler une note à ce sujet sur le tableau d'affichage. Quelle différence y a-t-il si j'y vais seule?

Molly se leva, rejoignit son lit, s'y laissa tomber et se mit à bourrer l'oreiller de coups de poing.

— Ellen, c'est impossible. Les filles bien ne vont pas seules dans les endroits de ce genre. En vérité tu veux l'avoir pour toi seule.

Ellen avait fini de se brosser les cheveux et continuait à fixer le miroir; Molly s'était levée et la regardait d'un air réprobateur, la bouche crispée, le regard étincelant d'indignation.

— Et alors, même si je voulais être seule avec lui? demanda-t-elle. Où est le mal?

Molly ne répondit pas. Elle se dirigea brusquement vers la coiffeuse en bousculant Ellen. Elle prit un bâton de rouge à lèvres, s'en barbouilla la bouche, étala du fard sur ses joues. Puis elle se retourna, attrapa son manteau dans l'armoire, gagna la porte qu'elle ouvrit brutalement, l'air furieux.

— Si tu sors, je te préviens qu'il pleut, lui cria Ellen.

La porte claqua sur ces mots. Ellen revint au miroir et sourit à son image.

Elle se contemplait et progressivement son visage s'assombrit, se mit à palpiter, à s'étendre. Et dans le lointain, à la limite de son ouïe, un orchestre jouait, impétueux, discordant, bien que rythmé avec le battement régulier d'un tambour; elle entendait la plainte des saxophones, le cri déchirant des trompettes. Elle se pencha afin de mieux contempler son visage, mais plus elle s'approchait de la glace, qui s'assombrissait, plus son image se faisait terne et floue. Puis le miroir parut se dissoudre en un autre espace ou reculer comme le reflux découvre une plage insoupçonnée au clair de lune. Et avant que ne cesse sa stupéfaction, cet espace s'avança, l'entoura; elle se retrouva assise à une table dans la demi-obscurité d'une salle de danse, les yeux rivés à un halo d'argent que promenait, non loin d'elle, un projecteur sur le sol. Autour d'elle, des couples bavardaient, elle entendait le tintement des verres et les voix câlines des hommes, les murmures assourdis et les gloussements des femmes. L'air était confiné et saturé de fumée; pourtant elle n'éprouvait aucun malaise, ne se sentait pas déplacée. La musique s'interrompit. Encore bercée par ses sonorités, Ellen frémissait d'impatience devant ce qui allait suivre. Quelqu'un applaudit, puis un autre. Bientôt une explosion d'applaudissements, à laquelle elle se joignit, fit vibrer toute la salle. Le faisceau argenté trembla, puis tout à coup balaya la scène jusqu'à l'extrémité de l'orchestre, où il isola une grande silhouette qui saluait; à ses côtés brillait le vernis d'une guitare jaune. Quelqu'un siffla, et une femme à l'autre bout de la grande salle s'écria :

— C'est mon Jimmy!

La haute silhouette semblait intimidée. L'homme se tenait maladroitement au bord du halo, et souriait à la foule avec retenue avant de s'avancer au centre de la piste de danse, à longues enjambées, en traînant sa guitare. Un micro étincelant sous l'éclairage du projecteur descendit, suspendu à un fil, jusqu'à la hauteur de sa bouche. Il le regarda indécis, puis s'en approcha, le caressant de la main.

— Bonsoir.

Un haut-parleur amplifia cette profonde voix de ténor qu'on entendit aux quatre coins de la salle enfumée.

— Bonsoir, répéta-t-il, caressant toujours distraitement le micro, lui souriant doucement comme s'il le redoutait. Je suis venu vous chanter une chanson ou quelque chose qui y ressemble. Du genre que vous aimez, je crois.

Et avant même qu'il eût fini de chuchoter ces paroles, les acclamations de bienvenue s'étaient éteintes, laissant la place à un calme irréel, comme si une bête, après avoir joué et râlé, avait perçu une présence et se tenait sur ses gardes. Ce calme s'approfondit jusqu'à devenir oppressant; il semblait que le grand type au micro venait de jeter un sort à la salle. Il se tenait là, souriant, visiblement heureux de maîtriser la foule, la bête. Ses yeux brillaient dans la lumière du projecteur qui l'arrachait impitoyablement à l'obscurité. Il savait que bientôt il lui faudrait chanter, que la bête brutale l'exigeait; son art consistait aussi à la tenir en haleine le plus longtemps possible. Le silence parut se tendre jusqu'à son point de rupture; on avait l'impression que s'il se prolongeait la pression serait trop forte, qu'un terrifiant rugissement jaillirait des milliers de gorges de l'animal. C'est à ce moment-là que Jim Shad décida de chanter.

Il chantait lentement, aussi doucement qu'il avait parlé, et c'était comme s'il chantait pour elle seule. Sa chanson n'avait pas d'importance; elle n'écoutait pas les paroles, ne suivait pas la mélodie, ni le rythme. Cette chanson pourtant l'emportait dans son cœur, comptait plus que toute autre musique. Elle agissait sur elle comme une incantation, Ellen se sentait métamorphosée. Pendant qu'il chantait, elle froissait la lettre reçue dans la matinée : une invitation à le retrouver au bar après la représentation, à gagner un endroit tranquille où ils pourraient bavarder.

Elle avait la gorge sèche quand, après avoir achevé une chanson, il en commença une autre. Quelque chose de plus rapide, une ballade. Ses joues s'empourprèrent. Elle n'avait parlé de la lettre ni à Molly ni à Anne, sachant qu'elles n'auraient pas approuvé son tête-à-tête avec un homme, qu'elles auraient cherché à l'en dissuader. Mais pourquoi se soucier d'elles? Elle était assez grande pour savoir ce qu'elle avait à faire, non? Et tout ce qu'elle savait, c'est qu'il lui avait écrit, qu'il voulait la rencontrer, lui parler, qu'en ce moment il chantait pour elle.

Shad avait terminé sa deuxième chanson et plaquait quelques accords sur sa guitare, tandis que tour-

126

noyait le projecteur. L'auditoire, à nouveau agité, se mit à taper sur les tables et à applaudir. Elle se leva et se fraya un chemin jusqu'au bar. De là, elle pouvait encore le voir, entendre sa complainte de « La mouche bleue », mais sa silhouette était plus lointaine, presque impersonnelle. Ellen s'aperçut que les battements de son cœur s'étaient apaisés et qu'elle avait retrouvé son souffle. Pour demeurer au bar, il fallait consommer et c'était la troisième consommation de la soirée. Elle but lentement. En dépit de cette précaution, elle se sentit bientôt très émoustillée. Elle pouffait de rire en pensant à Jimmy et au fait qu'il lui dédiait ses chansons. Puis elle réalisa que l'auditoire applaudissait de nouveau; elle n'entendait plus sa voix ni sa guitare. Les applaudissements diminuèrent; elle comprit que le récital était terminé, que très vite elle serait en sa compagnie. Elle inspira, se cambra du mieux qu'elle put.

Il lui vint alors à l'esprit qu'il y avait là quelque chose de très drôle, une chose qui, si elle pouvait y réfléchir un instant et la définir, la ferait rire, mais elle n'osait pas y penser alors que Jim pouvait surgir. Elle jeta donc un coup d'œil sur le miroir du bar, y vit son visage violemment éclairé par les lumières multicolores, un visage au sourire à peine esquissé, présentant exactement le bon profil, ce profil qu'elle avait patiemment appris à offrir, et qui, elle en était convaincue, l'avantageait. Avec cette inclinaison de la tête qui donnait du mystère à son regard, accentuait l'ombre errante sur ses lèvres, la faisait paraître forte et sûre d'elle. Et tandis qu'elle s'observait, elle vit la longue silhouette de Jim sortir de l'obscurité, son visage hâlé aux lèvres minces devenir plus distinct.

Craintive et intimidée maintenant que cette rencontre espérée toute la semaine s'accomplissait, elle détourna son regard du miroir, baissa les yeux sur son verre et sur la pauvre petite cerise qui y flottait, dans l'attente qu'il parlât d'abord. Derrière elle, l'orchestre se remit à jouer au milieu du raclement des chaises et du brouhaha; la bête aux mille visages se leva et alla se traîner sur la piste de danse. Elle sentait sa présence près d'elle, elle sentait la chaleur de son corps; si elle le souhaitait, elle aurait pu le frôler. Mais elle ne leva pas les yeux. Un bruit sec et métallique la fit sursauter, elle tourna son regard et vit que la main de Jim tenait une pièce. Il la faisait tinter contre le bar afin d'attirer l'attention du garçon. Puis elle entendit sa voix, elle en perçut l'inflexion avant d'en saisir les paroles, croyant un instant qu'il s'adressait à elle − ainsi qu'elle s'y attendait. Elle leva donc les yeux vers lui et sourit avant de se rendre compte que ce qu'il venait de dire était destiné au garçon distrait.

− Jack! Comment ça va?

Jim avait vu son sourire et s'en trouvait flatté. Puisqu'elle l'avait regardé, elle jugeait maintenant impossible de détourner les yeux. Légèrement, respectueusement, il la détailla de son regard brun, interrogateur, et émit un long sifflement admiratif. Elle se sentit rougir, et son propre sourire se figea définitivement. Le malaise la gagnait. Il était évident qu'il ne la reconnaissait pas, qu'il ne pouvait pas la reconnaître puisqu'il ne l'avait jamais vue, qu'elle n'était pour lui qu'une inconnue qui lui avait adressé un sourire aguicheur. Elle aurait pu dire quelque chose pour dissiper le malentendu qui germait dans son esprit. Mais elle était incapable de parler et ne trouvait pas même la force de baisser la tête ou de regarder ailleurs. Il prit l'embarras d'Ellen pour de l'effronterie et son sourire s'éclaira d'une franche gaieté.

− Salut, beauté, fit-il doucement. Où étiez-vous passée pendant tout ce temps!

Sans répondre, elle serra plus fermement son verre qu'elle porta d'une main tremblotante à ses lèvres; elle le vida d'un trait, cerise comprise. Il fronça imperceptiblement un sourcil, et siffla une nouvelle fois, mais cette fois à l'adresse du garçon.

– Jack. Pourquoi nous faire attendre? Madame et moi, nous ne sommes pas loin de mourir de soif!

Le garçon surgit et retira le verre de sa main réticente. Sans ce verre, où poser son regard? Et puis, qu'est-ce que ça faisait? Elle aimait le regarder, et alors? Elle s'était arrangée pour le rencontrer; elle soupira et son sourire se détendit, se fit moins niais. Un peu de patience et elle pourrait lui parler, lui expliquer qui elle était et pourquoi elle lui avait souri. Mais avant qu'elle pût préparer son petit discours, il avait gentiment posé sa main sur la sienne, en une pression affectueuse et confiante, et lui demandait :

– Que se passe-t-il, poupée? T'as donné ta langue au chat?

Elle savait que cette question était posée en guise de plaisanterie et n'attendait pas forcément une réponse, mais cela lui avait rendu plus difficile encore le fait de prendre la parole. Alors elle entreprit d'arranger ses cheveux, et cessa de le regarder, aussi délibérément qu'elle le put, pour contempler dans le miroir le reflet de ses propres yeux bleus. Elle n'échappa pas cependant à son regard inquisiteur. Il fixa à son tour dans la glace, un coude sur le bar vernissé, l'image de son visage hâlé, juste au-dessus de celui d'Ellen. Des bouteilles ambrées, disposées en gradins, cernaient leurs silhouettes conjuguées de chaque côté, formant ainsi une sorte de cadre. Ellen eut l'impression de regarder une photo de leur « couple » floue et obscure, prise lors d'un jour de pluie, dans un cadre d'ambre. Puis comme s'il voulait appuyer cet effet, il l'entoura d'un bras, geste gentiment explicite, et lui dit :

– Pourquoi n'irions-nous pas nous promener après avoir fini nos verres, beauté? Ma voiture est à deux pas et j'ai entendu dire qu'il y avait un de ces clairs de lune!

Ellen était encore surprise de sentir ce bras posé si familièrement – comme si il y avait toujours été – sur son épaule quand le miroir se brisa et vola en un million d'éclats. La nuit l'envahit en un sombre remous, et elle se sentit saisie, soutenue, doucement enlevée, avec une fermeté qui avait quelque chose de rassurant... Des voix se faisaient entendre tout autour d'elle, certaines aiguës, impatientes, d'autres plus calmes, plus assurées, mais une voix unique les couvrait toutes, douce, insinuante; puis les voix se turent, tout était tranquille, apaisé; elle ferma les yeux et s'abandonna, confiante.

Lentement, l'étrange sensation se précisa, prit peu à peu possession d'elle et devint à la fois une part essentielle de son être. Elle avait une impression de liberté, de délivrance. Elle planait loin, au-delà de toutes attaches terrestres et se réjouissait de cette ascension. « Ça ne peut pas être vrai, se disait-elle, c'est sûrement une illusion. » Pourtant, à ses yeux, en cet instant précis, c'était la seule réalité concevable. Elle gardait les yeux fermés, redoutant de les ouvrir, de plus en plus légère, jusqu'à obtenir un état d'apesanteur; elle s'était métamorphosée en essence, en abstraction. « Le plus merveilleux, se disait-elle, c'est d'avoir atteint ce bonheur, ce contentement, cet inaltérable et parfait équilibre. » Elle était en paix, reposée, absolument libérée de la contrainte du temps et de l'espace; et alors, sans le vouloir, elle découvrait ce qui venait de lui arriver et sut que c'était ce qu'elle avait toujours désiré, bien que jamais au préalable elle n'eût réussi à le formuler. Elle était devenue musique.

Oui, elle était devenue un son pur, une structure évanescente qui ondoyait et cabriolait, qui avait changé le temps et l'espace en lumière parce qu'elle provenait d'eux, qu'elle était leur fruit. Elle était son, mélodie, rythme, cadence, harmonie, couleur. En elle, les hautbois s'élevaient, les cuivres tempêtaient; elle abritait la douce vibration des cordes, l'intelligence du clavier. Ce qu'elle avait toujours attendu, sans même le savoir : sa grâce, sa béatitude...

Elle ouvrit les yeux et vit qu'elle planait très haut dans le ciel, que la lune était sa voisine et que de petits nuages filaient joyeusement à ses côtés; plus bas, tel un dôme renversé, elle distinguait la terre. Elle découvrait que, bien que le monde fût très loin, elle voyait tout ce qui s'y passait pour peu qu'elle s'en donnât la peine. C'est ainsi qu'elle aperçut la voiture, le cabriolet long et bas, avec sa carrosserie rutilante et ses chromes, roulant sur une route de campagne dans l'ombre des nuages, « ses » nuages qui fuyaient gaiement autour d'elle. Et c'est ainsi qu'en la détaillant un peu plus, la suivant du regard et de la pensée, la hantant de sa mélodie, elle reconnut ses deux occupants. L'homme maigre au visage tanné qui conduisait comme un démon, les yeux fixés sur le ruban noir de la route, un bras passé autour des épaules menues de la fille. Et l'enfant aux yeux rêveurs blottie contre son épaule, l'élève du conservatoire tombée amoureuse d'un chanteur de cabaret. Elle comprit que c'était un double d'elle-même qu'elle suivait, une autre Ellen, plus réelle.

Un frémissement interrompit le flot de sa musique. Cette dissonance devint coup de tonnerre, hurlement d'une tempête qui se lève; elle présageait un désastre. Puis Ellen recommença à entendre son propre chant;

le motif en avait changé : elle reconnaissait, dans la procession de notes, sur fond de tambours assourdis, le pas traînant d'une marche funèbre.

Elle détacha son regard de la voiture qui fonçait, avec à son bord l'imprudente jeune fille, pour le tourner vers une autre scène qui, inéluctablement, allait la conduire à la catastrophe. Elle vit, en contrebas, une chambre faiblement éclairée. Comme si une absence de toit lui permettait d'y plonger le regard ou qu'elle assistait à une représentation d'une loge.

Le temps avait passé – de la hauteur où elle observait, elle le ressentait, s'en souvenait à demi ; des semaines s'étaient écoulées et avec elles de nombreux rendez-vous secrets, de nombreux voyages insouciants. L'homme et la fille étaient dans la chambre. La fille, assise, se reposait, langoureuse ; ses longues jambes nues, sa poitrine à demi dévoilée baignaient dans l'éclat adouci d'une lampe. L'homme était assis sur le lit de cuivre, les cheveux en désordre, les yeux rougis d'insomnie ; une traînée de fumée s'élevait de la cigarette qui se consumait entre ses lèvres ; un instrument vernissé jaune était posé négligemment sur ses genoux. Lui aussi était à demi nu, ses bras bruns et ses lourdes épaules musculeuses apparaissaient, luisantes de sueur, dans l'échancrure de son maillot trempé et gris.

Ils se regardaient, la fille et l'homme, avec l'animosité de ceux qui sont ennemis autant que complices et la poitrine de la fille se soulevait sous les paillettes bleues, tristement chatoyantes, de son corsage. Pendant qu'Ellen scrutait leurs petites silhouettes, la sombre musique qui était en elle s'amplifia jusqu'au crescendo, en une puissante protestation de désespoir, puis cessa dramatiquement lorsque l'homme caressa les cordes de sa guitare et qu'un accord brisé résonna comme le bruit de l'acier sur une pierre. A ce déchirement, la fille se leva telle une somnambule, parut se dresser sur la pointe des pieds. Ellen s'aperçut qu'elle était vêtue d'un lamé bleu, semé d'étoiles azurées sur la poitrine et les cuisses. Deux ailes fragiles de gaze soutenue par un fin réseau de fils métalliques, raides et frissonnantes, étaient fixées à son dos et palpitaient sans grâce au gré de ses pirouettes. L'homme sur le lit plaqua un nouvel accord brutal. Il enchaîna avec un autre, puis un autre, chacun subtilement différent, chacun moins brusque, plus engageant, jusqu'à ce que sa main droite se collât à l'instrument et que la mélodie prît forme. La fille commença à danser, toujours sur la pointe des pieds, à tout petits pas d'abord, hésitants, indécis, puis doucement l'homme se mit à chanter.

> *Quand j'étais jeune, je servais*
> *Le maître, je lui passais le plat,*
> *Et la bouteille quand il avait le gosier sec,*
> *Et je chassais la mouche bleue.*

Derrière le chant fredonné et les accords frémissants de la guitare, assourdis et précis en dépit de la distance dans le temps et l'espace (car la chambre qui abritait la scène était non seulement en contrebas mais aussi derrière elle, il lui fallait tendre le cou pour ne pas la perdre de vue et risquer de l'égarer), derrière donc ce chant qui s'élevait de la chambre, et au-delà de la musique funèbre qui provenait d'elle, Ellen entendit les cuivres d'un orchestre rythmer la mélodie de Jim en la tournant en dérision. Ce bruit — car on ne pouvait appeler ça de la musique — s'amplifiait, noyant le chant plaintif de Jim et de sa guitare dans une fanfare tonitruante de trombones et de percussion.

Tandis que ce tapage atteignait son paroxysme, Ellen perdit pied de dessus les nuées, la lune s'éclipsa, les nuages se muèrent en spectres noirs, pressés de l'étouffer. Plus bas, plus bas, plus bas, elle plongeait et suffoquait à mesure que la pesanteur et la densité revenaient, happée par la terre à une vitesse vertigineuse. Les ténèbres se mirent à tournoyer autour d'elle. Elles prirent de l'épaisseur, devinrent palpables.

La terreur envahit son cœur quand elle vit une dague bleue, étincelante de lumière, la frôler et fondre sur la terre tel un éclair pour y former un lac, une ellipse, une éblouissante tache de feu bleu. La panique lui serrait la gorge, étouffant le cri qui allait y naître pendant que la tache bleue rampait vers elle à travers les ténèbres, sûre de la trouver où qu'elle soit pour l'engloutir. Ellen s'était raidie, prise comme de la glace, chevilles jointes, orteils crispés, en équilibre, retenant son souffle, bras tendus, tête rejetée en arrière, yeux fixés sur la gueule bleue. La chose jaillit sur elle pour l'inonder de lumières maléfiques et obscènes, et la stigmatiser, marteau accusateur contre une enclume consentante et soumise. Telle une houri bleue, Ellen resta suspendue un instant, suivant des yeux le mouvement de la force bleue jusqu'à sa source, cet éclat brûlant de saphir, dont elle reconnut le pouvoir.

Alors un accord sur la guitare de Jim la délivra; elle baissa la tête et chercha ce qu'elle savait être là, ce qu'elle allait entendre avec un battement de cœur, mais qu'elle ne verrait jamais : la foule. Et au deuxième accord, avant que la voix de Jim lui parvînt, elle se remit à danser, hésitante, légère, guidée par le chant qui la ravissait. Ce fut d'abord une escarmouche, puis une bataille, puis Armageddon : la bête applaudissait, frappant de ses milliers de paumes, trépignant de ses milliers de pieds, sifflant et hurlant sa satisfaction. Mais elle continuait à danser, inventant des pas, tandis que Jim répétait ses accords, et la foule s'apaisait.

Plus tard, assise seule dans le vestiaire, elle se demandait ou feignait de se demander pourquoi Jim ne la rejoignait pas comme à son habitude après leur représentation. Cela faisait une demi-heure qu'elle avait salué le public, qu'elle était passée en courant devant l'orchestre pour emprunter l'étroit couloir menant à cette pièce crasseuse où ils changeaient de tenue. Jim aurait dû la suivre de quelques minutes. Il attaquait sa dernière chanson après son numéro de danse sur « La mouche bleue ». Mais il n'était pas venu la rejoindre – et ce n'était pas la première fois cette semaine. Elle s'était assise devant le miroir sale, un kimono jeté sur ses épaules nues, et se limait les ongles pour tromper son attente. Elle avait fumé cigarette sur cigarette; les cendres faisaient un cercle grisâtre autour de sa chaise. Jim n'arrivait toujours pas. Finalement, elle soupira et se leva; le kimono glissa de ses épaules sur le sol en vagues soyeuses. Elle jeta un coup d'œil sur son maquillage, remarqua les cernes sombres que les produits *Max Factor* ne dissimulaient plus. Puis elle étala un peu de *cold cream* sur ses joues.

Évidemment, elle pouvait toujours aller le retrouver comme il lui était déjà arrivé de le faire; il devait être au bar ou à la table d'un client. Dans un cas comme dans l'autre, ça lui importait peu. Mais elle redoutait qu'il fût à la table de Vanessa. Déjà elle l'y avait surpris. Elle s'était approchée de Jim à portée de voix, avant de découvrir que la femme qui l'accompagnait était la danseuse dont le numéro précédait le leur. A cet instant, prête à l'appeler au milieu du public, elle s'était souvenue de l'avoir aperçu, le premier soir de leur engagement, dans l'ombre de l'orchestre en train d'admirer Vanessa. Elle avait remarqué son regard tandis que la grande rousse exécutait sa danse ridicule avec le perroquet. Elle dansait nue, à l'exception d'un cache-sexe minuscule, et elle avait dressé le perroquet à s'y accrocher quand elle prenait ses poses et ses contre-poses. Il couvrait ainsi les parties intimes de Vanessa de ses grandes ailes vertes et de sa gorge rouge et jaune. Lorsqu'elle se retournait et se pavanait et que le perroquet lissait ses plumes, n'importe qui dans l'orchestre ou caché à proximité pouvait entrevoir la naissance de ses profondeurs sous la lumière rose des projecteurs, celle qu'elle préférait.

En ressassant ces images, Ellen jeta un coup d'œil sur Jim, qui faisait face à Vanessa, et surprit ce regard qu'il avait déjà eu lorsque, derrière l'orchestre, il épiait les poses de la danseuse avec son perroquet. Ellen rougit. Sans rien dire, elle fit demi-tour et regagna leur hôtel. Elle s'allongea sur le lit et resta éveillée la moitié de la nuit à attendre le retour de Jim. Même alors elle ne lui dévoila rien de ses soupçons, de ce qu'elle avait vu.

Jim ne lui appartenait pas. Elle le savait depuis le début de leur aventure quand elle s'était enfuie du conservatoire, sans laisser un mot, pour le suivre. Il lui avait alors offert un costume bleu afin de danser et lui avait appris le numéro. Mais ça ne pouvait pas durer; elle ne serait qu'une passade dans sa vie, elle était la potache juste assez douée pour tenir le rôle! Elle le savait et l'avait suivi quand même. En partie parce que lorsqu'il était près d'elle, lorsque son regard soutenait le sien, comme lors de cette première nuit au bar, elle éprouvait une ivresse, une vitalité, une conscience d'elle-même qu'elle n'avait jamais approchées. En partie aussi à cause de son père, à cause de la fureur qui certainement avait été la sienne à la réception du télégramme de l'école; à cause de la pensée de son père, quand, étendue au côté de Jim, dans sa chaleur, elle évoquait sa colère impuissante, la vanité de sa morale, heureuse d'avoir triomphé de lui.

Et, bien qu'elle ait toujours su qu'un jour ou l'autre viendrait où Jim ferait une nouvelle rencontre, qu'elle aurait alors à choisir entre le quitter ou demeurer à ses côtés et accepter son infidélité, elle n'avait pas pris le temps de se préparer à cette épreuve. Elle ne le faisait pas davantage en cet instant. Non, elle massait énergiquement son visage enduit de *cold cream*. Elle jeta la serviette de toilette souillée, ouvrit l'armoire et se contorsionna afin d'enfiler sa robe sans enlever son costume. Peu lui importait de l'abîmer; il veillerait à lui en faire faire un autre. N'était-ce pas son idée depuis le début? N'avait-il pas imaginé le numéro de danse et inventé ce costume? Et nuit après nuit ne l'avait-il pas fait répéter jusqu'à ce qu'elle maîtrise un semblant de métier? Eh bien, s'il voulait la rejeter, elle s'en fichait, qu'il apprenne donc à cette grosse truie et à son maudit perroquet à faire des pointes. Elle en avait sa claque!

Elle enfila son manteau et sortit par la porte de service afin de ne pas croiser Jim. Dehors, c'était le vent, le froid, l'humidité; août se terminait en tempête. Elle affronta la bourrasque et se dirigea vers l'hôtel, jupes au vent. La bruine se transformait en larmes sur son visage; avant qu'elle n'atteignît l'hôtel, les doigts glacés du vent s'étaient glissés dans ses jambes et les pièces métalliques de son costume. Son corps s'était engourdi, elle claquait des dents. Le clignotement de l'enseigne au néon d'un café ouvert toute la nuit attira son attention. Elle poussa la porte et entra dans la salle enfumée.

Elle s'était assise au comptoir et avait commandé un café, avant de s'apercevoir que tous les clients étaient des hommes plutôt rustres. Près d'elle, sur un tabouret, était assis un mastodonte au nez imposant, à la tignasse rouge et aux sourcils en broussailles. Il soufflait sur sa soupe et semblait ignorer Ellen. Elle regarda dans une autre direction et vit un petit homme tremblant au visage en lame de couteau et aux yeux larmoyants, dont l'un perpétuellement baissé semblait lui adresser un clin d'œil. Elle agrippa nerveusement le comptoir de marbre et ne regarda plus ni à droite ni à gauche; même ainsi, elle surprenait dans le miroir graisseux les regards qui ne la lâchaient pas. Une tasse de café glissa jusqu'à elle en s'arrêtant brusquement comme si elle avait atteint son but, renversant dans la soucoupe et sur une de ses mains un liquide épais à odeur de chicorée. Cette chose soudaine survenue en glissade l'avait fait sursauter. En dépit de sa résolution, elle jeta un coup d'œil derrière le comptoir et remarqua le tablier sale et le gros ventre de l'homme auquel elle avait commandé son café. Elle entrevit même qu'il lui souriait de toutes ses dents.

Elle prit la tasse et essuya la boisson renversée avec une serviette en papier. Elle décida de prendre son temps pour boire la lavasse chaude et sucrée, et de ne pas se laisser intimider par ces hommes. Elle en avait affronté de pires. Dans une autre ville, au début de l'été, un homme l'avait suivie dans sa loge, avait poussé la porte et était resté là sans broncher alors qu'elle se changeait. Elle devina sa présence d'abord, parce qu'elle entendait un souffle; elle s'était retournée et l'avait regardé dans les yeux jusqu'à ce qu'il lui tourne le dos et s'en aille. Jim l'avait empoigné dans le couloir et frappé, mais elle avait toujours regretté cette intervention. Seule, elle avait réussi à le dominer et le geste de Jim avait été superflu.

Là, elle buvait son café lentement, ostensiblement, et faisant semblant de ne pas entendre les remarques qui fusaient. Sa tasse finie, elle alluma une cigarette et la fuma assez longuement pour prouver son assurance, puis elle déposa une pièce sur le comptoir mouillé et se dirigea vers la sortie. Dans la rue, quand le vent glacé la frappa au visage et que la gêne de son costume sous sa robe fut à nouveau sensible, elle se sentit moins courageuse. Elle n'avait fait que quelques pas dans la rue en direction de l'hôtel quand elle entendit la porte se refermer bruyamment derrière elle et eut l'impression d'être suivie. Dès qu'elle perçut un sifflement, faible et discordant, elle comprit qu'elle avait deviné juste.

Elle essaya d'allonger le pas, d'accélérer l'allure, mais le costume était trop raide. Peut-être valait-il mieux garder un pas égal, laisser croire à celui qui la suivait qu'elle n'avait pas peur. Lequel, se demandait-elle, s'était mis en tête de l'accoster? Sûrement pas le serveur, sa corpulence l'éliminait; de plus, il était tenu par son travail. L'homme au regard chafouin, aux yeux chassieux, au profil de lapin? Elle espérait bien que non, pourtant si le pire arrivait, ça valait peut-être mieux que le gros lourdaud aux sourcils broussailleux et au nez pourri. Les pas derrière elle se rapprochaient, ils étaient tout sauf précipités.

C'est à ce moment-là que ses vêtements tombèrent, se défirent comme l'écume après le déferlement d'une vague. Elle s'arrêta, honteuse et pourtant fière. Le vent tout à l'heure glacé semblait chaud et caressant. Une onde de chaleur, nuançant sa chair d'une teinte qui révélait à la fois son embarras et son exaltation. Les ailes de gaze, qu'elle croyait avoir enlevées avant d'enfiler sa robe, réapparaissaient maintenant de façon comique à l'instant où ses vêtements se volatilisaient. Ces ailes commencèrent à chatoyer, frémissantes dans la tiédeur du vent. Elles lui procuraient un sentiment de puissance, de liberté et, au lieu de courir follement dans la rue, elle se retourna pour faire face à celui qui la suivait : son père.

Ou plutôt, ce n'était pas son père, mais une chose

sans visage habillée des vêtements de son père : le costume noir à larges revers, la cravate de velours noir, le chapeau à bord roulé noir, le parapluie noir tenu serré. Là où aurait dû se trouver le visage du père elle voyait un vide, un trou dans le temps, une crevasse dont émanait un sifflement. Tandis que la silhouette s'avançait vers elle et l'attirait, ce qu'elle avait pris pour un sifflement s'amplifia et haussa le ton pour devenir une complainte infernale. Les ailes sur ses épaules se firent plus puissantes et fermes, elles cessèrent de frémir pour se mettre à battre. Mais à l'instant précis où elle sentait qu'elle avait le pouvoir de s'élever, de prendre son envol, d'échapper à son père, il était sur elle. Ses longs bras noirs tendus la serrèrent dans une irrésistible étreinte; ses mains saisirent les ailes palpitantes, les déchirèrent, les rognèrent. Elle ne réussit pas à lui échapper, mais il ne réussit pas à la faire tomber; empêtrés dans leur affreux combat, ils commencèrent à s'élever ensemble et, un instant, ils restèrent vertigineusement suspendus dans les airs. Alors le funeste sifflement qui sortait du gouffre de son visage s'éleva jusqu'au cri, au hurlement, se surpassa en intensité, l'enferma dans une clameur aiguë. Une fois de plus elle retombait en enfer.

De tous côtés, ce n'était que ténèbres. Elle était contenue dans le néant.

Tournoyant à une vitesse fulgurante, elle savait qu'elle se désintégrait. Ce vertige, qui représentait alors tout ce qu'elle ressentait, était le prélude à l'oubli, à la destruction. Elle ne voyait plus rien, puisque, autour d'elle, il n'y avait que la nuit; elle n'entendait plus rien puisque le cri de la *Banshee* * avait frappé ses

* *Banshee* : fée dont les cris présagent la mort (folklore irlandais).

oreilles. L'écoulement du temps s'était figé; l'espace et les objets qui l'avaient bornée étaient engloutis dans le gouffre. Pourtant quand elle s'abandonna à cette frénésie, elle aperçut une lueur.

Tout d'abord, ce ne fut qu'un point, une tête d'épingle étincelante. Puis comme il grossit elle l'observa pleine d'espoir avec une joie sauvage, hystérique; atome, puis rayon, et enfin onde lumineuse. Il avait l'éclat du soleil, la rassurante chaleur du matin. Tandis qu'elle croissait, envahissait les ténèbres avec un reflet d'abord puis une aveuglante illumination, Ellen sentit le souffle lui revenir, son pouls recommença à battre et le gel du temps se mit à fondre et à couler enfin.

Quatre murs apparurent autour d'elle, un plafond au-dessus. Ils étaient lézardés. La carte mystérieuse d'un continent inconnu ornait l'un d'eux. Quelque part un enfant pleurait. Des pas résonnaient proches et lointains, dans l'entrée sans doute, alors qu'elle était allongée sur le lit d'une chambre d'hôtel. Mais (à ce rappel, elle s'éveilla un peu plus) quelque chose s'était produit, un sombre étourdissement, une sensation de honte : son père. Elle essaya de se souvenir et une image lui vint brusquement à l'esprit, l'image de sa propre nudité, et celle d'une grande silhouette noire, debout près d'elle, cherchant à l'atteindre, un noir tournoiement qui se repaissait de sa peur avec la voracité d'un fauve. Elle se redressa dans son lit, les yeux ouverts cette fois, tout à fait éveillée, encore terrifiée par son cauchemar. Alors elle regarda la porte, une porte métallique passée au brou de noix, la clef dans le trou de la serrure avec son porte-clef rouge. Elle comprit qu'elle se retrouvait dans un lieu où elle n'avait jamais été, et qu'une chose terrible était en train de se reproduire.

C'était impossible. Elle ne pouvait pas se réveiller de cette façon deux fois de suite, elle ne pouvait deux fois de suite mourir dans cette fosse et en même temps survivre. Ce coup-ci elle ne voulait pas se retourner, elle ne voulait pas voir. Elle avait été dupée, elle avait rêvé aux jours anciens (bribe par bribe, ils lui revenaient), revu cette nuit où, jeune fille, elle s'était battue avec Jim, où s'étaient passées ces choses qu'aujourd'hui encore elle n'était pas assurée qu'elles se fussent vraiment produites. A l'instant même, dans ce lit inconnu, craignant de se retourner et de regarder, elle ne savait toujours pas si elle avait rêvé ces événements alors ou bien si elle venait tout juste de les rêver.

Au moment où elle scruta la porte marron, certaine de ne l'avoir jamais vue et se persuadant qu'elle au moins existait réellement, elle se rappela les paroles du Dr Danzer après le premier de ses traitements où elle avait parlé de cette nuit confuse et du terrible réveil qui l'avait suivie.

– Je veux que vous réfléchissiez à ce que vous venez de dire. Je veux que vous preniez conscience de l'ambiguïté de vos propos. Je veux que vous décidiez si ce souvenir est un rêve ou le ressassement d'un conflit de l'enfance ou tout autre réalité du passé. Mais je veux que vous sachiez aussi qu'à la suite de notre entretien, j'ai contacté les autorités de la ville que vous mentionnez dans votre récit. Il n'y a pas trace d'une mort violente ce mois-là, cet été-là, cette année-là. (Il lui semblait que le Dr Danzer lui parlait, ses paroles résonnaient fort à ses oreilles.)

» La culpabilité que vous éprouvez est imaginaire. Le crime que vous avez commis est imaginaire. Il n'en est pas moins réel pour autant. A vos yeux, il est d'autant plus répréhensible que vous le souhaitiez profondément. Par la pensée, vous avez commis ce crime contre cet homme. A travers lui, vous avez frappé votre père. Il est mort pour vous. Néanmoins la culpabilité que vous éprouvez ne se fonde pas sur une mort imaginaire, mais sur une mort réelle survenue cet été-là tandis que vous étiez en fuite avec cet homme; la mort naturelle de votre père. Vous m'avez dit qu'il était mort d'une crise cardiaque, et aussi que l'on avait essayé de vous joindre, mais le conservatoire ne savait où vous trouver. Tout ce que le doyen pouvait affirmer, c'est que vous étiez absente de l'école depuis des mois et qu'il avait cru comprendre que vous étiez rentrée au domicile familial. Voilà la culpabilité que vous ressentez : vous souhaitiez la mort de votre père et votre père est mort du fait de votre indifférence. Voilà ce que vous devez affronter. Cela accompli, vous découvrirez, je pense, que l'autre souvenir n'est qu'une altération de celui-ci, un châtiment que vous vous infligez.

✁ Ellen se redressa dans le lit et ferma les yeux, à nouveau apaisée par le Dr Danzer. Lorsqu'elle se sentait en proie à la confusion, lorsqu'elle constatait une lacune, lorsqu'elle voulait retrouver le souvenir d'un épisode oublié, la seule issue selon lui était de remonter le cours des événements. De commencer par le commencement afin d'en reconnaître chaque maillon, et de les dénombrer jusqu'à la découverte du maillon manquant. Elle savait donc à présent ce qu'il lui restait à faire. Il lui fallait en premier lieu dissocier le réel de cette nuit d'août du rêve qu'elle fit alors; ce, dans la mesure du possible. Cependant, ce que lui avait dit le Dr Danzer n'avait de sens que si ce « crime » n'avait eu lieu que dans son esprit. Or, bien qu'elle crût que le docteur avait raison, jamais elle n'avait réussi à dissiper un doute. Il y avait cet autre rêve qu'elle venait de faire et qui, en bien des points, correspondait exactement à la réalité de cet été-là à son paroxysme, mais il en altérait certains épisodes de manière étrange. Il est vrai qu'elle s'était rendue seule au *Chat Noir,* et y avait rencontré Jim Shad sans lui dire qui elle était jusqu'à ce qu'il lui fît l'amour. Et il est également vrai qu'elle avait continué à le voir, sans que Molly et Anne le sachent. Qu'elle s'était enfuie du conservatoire pour le suivre. Parce qu'elle l'aimait et parce qu'elle voulait être libre. Qu'il lui avait appris à danser pour la faire participer à son spectacle, lui avait offert un costume allégorique d'une chanson qu'il aimait interpréter. Mais bien sûr, dans son rêve, ces événements, qui en réalité s'étaient étalés sur des mois, s'accomplissaient en une seule nuit, s'imbriquant en un casse-tête chinois. Il est aussi vrai que Jim avait eu une aventure avec Vanessa, qu'elle en était jalouse et qu'un soir où Jim n'était pas venu la retrouver dans leur loge après le spectacle, furieuse, elle avait décidé de rentrer seule à l'hôtel. Elle se souvenait d'avoir eu froid dans la rue balayée par le vent, d'être entrée dans un bar, d'y avoir bu une tasse de café. Une fois ressortie quelqu'un l'avait suivie. Là, le rêve devenait fantastique, se perdait dans un dédale de symboles, finissait en un cauchemar terrifiant. C'est à ce moment précis qu'elle perdait la trace de la réalité. Elle savait qu'elle s'était mise à courir et que quelqu'un ou quelque chose s'était approché de plus en plus...

Elle frissonnait, raidie et crispée, sur le lit. En dépit des bons conseils du Dr Danzer, ça ne marchait pas. Elle avait trouvé le maillon, mais elle n'y découvrait qu'un substitut imaginaire, une chose qui ne s'était pas produite, qui ne pouvait pas s'être produite. (Le Dr Danzer n'avait-il pas pris soin de vérifier les registres de la police?) Sans doute rien d'autre qu'un fantasme. C'était pourtant la seule vérité dont elle disposait. Si cela ne s'était pas produit, qu'est-ce qui s'était passé?

Et pire encore, pourquoi ne pouvait-elle pas se retourner maintenant? De quoi avait-elle peur? Pourquoi redoutait-elle que se reproduise ce qui selon le Dr Danzer n'était jamais arrivé?

Tout serait beaucoup plus simple si elle savait pour quelle raison elle se retrouvait dans cette étrange chambre d'hôtel, aussi inconfortable que celle qu'elle avait occupé dans l'autre ville, des années auparavant. Mais, en dépit de ses efforts, elle ne réussissait pas à se souvenir des événements de la veille. L'unique façon de les revivre était à nouveau d'utiliser la méthode du docteur : remonter la chaîne. Si l'une des étapes restait imprécise, il fallait la sauter, reprendre les autres une par une jusqu'au présent.

Le lendemain de la nuit, où en proie à la jalousie elle s'était enfuie de la boîte de nuit, après ce qui certainement ne s'était jamais produit, elle s'était affolée et avait quitté la ville. Elle avait pris le train pour rentrer chez elle et trouva une couronne mortuaire sur la porte. Son père était mort d'une crise cardiaque, quelques jours plus tôt, lui avait appris un voisin. Ils avaient essayé de la joindre mais le conservatoire la croyait chez son père. Elle y passa la fin de ce triste été jusqu'à ce que les affaires de succession fussent réglées. La librairie fut vendue ainsi que la maison, les meubles et même son piano. Elle découvrit qu'elle avait de l'argent, qu'elle pouvait voyager. L'automne venu, elle ne retourna pas au conservatoire mais se rendit à New York et s'adressa à Mme Tedescu. Elle joua devant madame, une frêle et vieille dame, aux cheveux gris cendrés dont le nom était connu sur les deux continents, et madame l'accepta comme élève. Sa vie au cours des dix années qui suivirent fut consacrée à la musique : trois ans avec madame à New York, de neuf heures à douze heures tous les matins, de une heure à six heures tous les après-midi, tous les jours de l'année sans répit, hormis le dimanche. Elle passa deux ans à Rome, après avoir obtenu un prix, avec un fougueux maître italien spécialiste d'instruments anciens; puis de nouveau cinq ans avec madame à travers toute l'Europe, donnant des concerts à Paris, Bruxelles, Vienne, Berlin, Naples, Moscou, Londres. Et pour finir, il n'y avait pas si longtemps, son premier concert au New York's Town Hall, où elle reçut des brassées de roses, et un bouquet d'orchidées brunes offert par un homme grand et blond, un chef d'orchestre, la révélation de la saison, Basil.

Des années heureuses avaient suivi : leur mariage et ces semaines idylliques dans une ferme de la Nouvelle-Angleterre, leur nouvelle adresse à New York, leurs amis dont Mme Tedescu, les louanges des critiques. Puis un certain été, et avec lui le souci, les ténèbres qui s'élevaient de son clavecin, même lorsqu'elle interprétait « son » Bach bien-aimé. Des souvenirs la hantaient : les choses qui se passèrent mal, des épisodes confusément mêlés ou effacés de la mémoire, les errements. Puis la maladie, les jours et les semaines où tout n'était qu'obscurité, la clinique, la fenêtre grillagée et la vue sur les ormes...

Elle se rappelait tout ça. Elle pouvait y penser, replacer chaque événement à sa bonne place. Hormis les premières et sombres semaines, elle se souvenait de chaque incident de son séjour à la clinique, de toutes ses luttes nocturnes contre le passé et de ses victoires de tous les jours lors de la dernière semaine, du jour de son départ de la clinique, des journées passées à faire des achats dans les magasins, de l'entretien avec le Dr Danzer, du déjeuner avec Nancy et de l'après-midi dans son appartement avec ces terribles retrouvailles. Oui, tout ça s'enchaînait parfaitement, même sa rencontre avec Jim Shad, le trajet en taxi, sa fuite, la femme descendant les marches du perron de sa maison sous la lumière du soleil couchant. La lettre dans la console, inexplicablement disparue... Et maintenant elle se souvenait de ce qui avait suivi. Elle était entrée dans la bibliothèque, avait trouvé Basil assis au piano; elle était restée à le regarder, n'osant parler de peur que ses paroles trahissent ses pensées. Pendant quelques minutes, elle l'avait observé en train de jouer, puis elle avait quitté la demeure. En marchant dans les rues en direction du centre et du petit restaurant français où elle pensait pouvoir dîner tranquillement, elle avait repensé à ce drôle de sac à main carré trouvé dans un de ses tiroirs, à la poudre au parfum et à la couleur vulgaires, éparpillée sur sa coiffeuse. Assise, seule dans le petit restaurant, devant un verre de bordeaux, elle avait réfléchi aux propos du médecin sur un changement possible chez son mari, s'était souvenue de quelle façon Nancy avait abordé ce sujet durant le déjeuner. En proie à la crainte et à la tristesse, elle avait bu quelques verres de vin de trop.

Ensuite elle avait acheté un journal et avait consulté la rubrique des spectacles, cherchant le nom du cabaret où se produisait Jim Shad. Elle savait qu'après ce qui s'était passé, la dernière chose à faire était de s'y rendre, mais elle avait terriblement envie de l'entendre chanter, et voulait se mêler à la foule anonyme, être là près de lui, incognito. Elle avait fait halte dans un bar et y avait bu encore un verre. Un Martini cette fois pour se donner du courage, puis elle avait appelé un taxi afin de se faire conduire au cabaret, une cave du village.

Une fois dans la salle, il lui était impossible de s'échapper. Elle était petite et basse; ses murs drôlement décorés semblaient converger vers la minuscule estrade de l'orchestre et la piste de danse encore plus minuscule. Ellen n'avait pas imaginé l'endroit aussi intime – dans son esprit, elle voyait toujours Jim Shad chanter dans ces immenses granges qui au Middle West servent de salles de danse – ni pensé qu'à dix heures et demie du soir il y aurait aussi peu de monde. Le maître d'hôtel lui avait proposé une table près de la piste de danse, et ce fut seulement devant son insistance qu'il la laissa libre de s'installer dans un coin sombre où elle pensait être moins en vue. A peine fut-elle assise qu'elle sut que, parmi la douzaine de clients installés au bar et aux tables, figuraient les deux personnes par qui elle ne voulait absolument pas être vue, d'autant qu'elle ne s'attendait pas à rencontrer ici l'une d'entre elles : Jim Shad et Vanessa. De plus, Shad était assis face à elle, et avait sans doute suivi la discussion avec le maître d'hôtel. Il lui souriait par-dessus l'épaule de Vanessa, et lui adressa un clin d'œil pour bien lui signifier qu'il l'avait repérée, qu'il voulait la voir, qu'il la rejoindrait dès qu'il pourrait se libérer.

Elle aurait voulu partir, mais elle savait cela inutile. Si elle partait, il la suivrait. Finalement elle était aussi bien dans la salle. Quand il donnerait son récital, elle téléphonerait à Basil et lui demanderait de venir la chercher. Tôt ou tard, il faudrait qu'elle en parle à Basil (pourtant elle redoutait que Basil ne se saisisse de ce prétexte pour demander le divorce). Pourquoi pas ce soir? Mais elle savait aussi qu'il lui faudrait compter avec Shad.

Elle commanda un verre et évita de le regarder. Manœuvre bien inutile car, même sans le voir, elle sentait son regard posé sur elle avec aux lèvres un sourire désinvolte. Elle ne pouvait en distraire ses pensées. Le garçon lui apporta sa consommation, une assiette de pop-corn et de bretzels. Elle but lentement son Martini, dégustant chaque gorgée, émiettant bretzel

148

après bretzel jusqu'à ce qu'une fourmilière de biscuits brisés s'étale sur la nappe. La cave se remplissait lentement. Elle entendait le maître d'hôtel accueillir les couples au bas de l'escalier et, en suivant attentivement leurs pas sur le dur plancher, elle devinait les places qu'ils avaient choisies. Le pianiste poussa son minuscule piano à roulettes près de la table d'Ellen, si bien qu'il lui masquait la vue qu'elle aurait pu avoir de Jim et Vanessa, si elle avait levé les yeux. Il joua plusieurs morceaux, assez mal, mais elle était soulagée de cet écran, et son récital achevé, elle lui donna un pourboire. L'orchestre arriva, une petite formation composée d'un piano, d'une basse, d'une trompette et d'une batterie.

Il se mit à jouer des morceaux traditionnels arrangés selon le style Dixieland. Il jouait correctement et, si Jimmy n'avait pas occupé ses pensées, sans doute aurait-elle apprécié leur performance. Elle s'aperçut brusquement que la salle était pleine.. Les gens, aurait-on pu croire, s'étaient présentés en même temps – elle consulta sa montre : il était près de minuit. Le jeu de l'orchestre était plus libre, les solos duraient davantage, les improvisations se faisaient audacieuses. Elle se plut à observer le trompettiste, un homme mince comme un roseau pris sous le vent; il gardait la mesure et savait nuancer une mélodie. Quelques minutes plus tard elle observa le batteur, puis le gros homme de couleur aux congas. A tout hasard, elle jeta un œil furtif sur la table de Jim et Vanessa. La femme rousse était partie, et Shad avait surpris son regard. Il se leva aussitôt. Lorsqu'elle le vit se frayer un chemin jusqu'à sa table, ses lèvres frémirent; elle concentra son attention sur le verre à pied qu'elle faisait tourner. Et il fut là, en face d'elle, ombre sombre sur le cercle blanc de la nappe, lui demandant :

– Tu permets?

Bien sûr, avait-elle fait d'un signe de tête.

Jim s'était assis en face d'elle sans dire un mot. Il s'était retourné pour adresser un signe au maître d'hôtel qui lui avait immédiatement apporté un Bourbon. Il l'avait avalé d'un trait, en louchant légèrement comme à son habitude, mais sans le faire suivre d'un commentaire. Elle ne disait rien. Il prit une poignée de pop-corn et entreprit d'en faire rouler grain à grain contre le petit tas de bretzels émiettés. Quand roula le dernier grain de maïs, le tas s'effrita.

— J'ai parlé au patron, dit-il sans son accent traînant.

Elle ne le regardait pas et ne semblait pas même l'avoir entendu.

— Je ne suis pas tenu de chanter ce soir.

Elle but une gorgée, puis porta son regard sur l'orchestre.

— Je me disais que nous pourrions aller faire un tour. Il y a si longtemps, Ellen.

Sa voix, sa présence l'émouvaient, réconfortantes et excitantes tour à tour. Elle redoutait de l'affronter mais il lui était de plus en plus difficile d'éviter son regard.

— Si tu te fais du souci pour elle, c'est inutile, j'ai tout arrangé.

A sa grande surprise, elle s'aperçut qu'elle le croyait.

— Tu es la seule à avoir vraiment compté pour moi, la seule pour qui j'ai éprouvé quelque chose. J'aurais aimé te revoir plus tôt, mais je ne savais pas comment t'approcher. T'es devenu quelqu'un, Ellen, tu es célèbre. Je ne sais pas pourquoi cet après-midi je me suis comporté ainsi. Je crois que c'est à cause de ta manière de me regarder... J'avais l'impression que tu avais peur de moi.

Sa voix était calme, hésitante (jamais auparavant elle ne l'avait entendue hésiter), sincère.

— Je vais chercher ton manteau, poursuivait-il. Je t'aime et je veux être près de toi.

Et elle avait acquiescé.

Elle rouvrit les yeux, s'assit sur son séant, le regard toujours absorbé par la porte marron. Voilà ce qui s'était passé. Elle était partie avec lui. Ils s'étaient promenés dans Washington Square et, assis sur un banc, s'étaient bécotés comme des adolescents. Elle aurait voulu lui demander ce qui s'était passé cette nuit-là, si longtemps auparavant; elle aurait voulu savoir si ce dont elle se souvenait était vrai ou bien si comme le prétendait le médecin, c'était le fruit de son imagination. Mais la situation ne s'y prêtait pas.

Il l'avait emmenée dans un petit hôtel des environs dont il connaissait le gardien de nuit. La seule chambre libre était petite et sans salle de bains. Elle avait levé les yeux vers le plafond. Elle se souvenait y avoir remarqué des fissures quand le garçon leur avait montré la chambre. Le plafond lui avait paru, à la lumière de l'ampoule nue, plus affreux qu'à présent, avec ce tendre rayon de soleil matinal. Jim avait acheté une bouteille et ils avaient bu à deux reprises. Puis elle avait éteint la lumière et l'avait attendu pendant qu'il s'était absenté dans les toilettes au fond du couloir.

Voilà tout ce qu'elle pouvait se rappeler.

Elle rejeta les couvertures et se leva. Elle était nue et il y avait des taches sombres sur ses mains, sa poitrine, ses cuisses. Elle retint son souffle et s'efforça de ne pas perdre son calme, de réfléchir avant de faire quoi que ce soit et ce afin de ne rien oublier.

Elle trouva le corps de Jim entre le lit et la porte. Son visage était griffé et sa gorge meurtrie. Un sombre filet de sang avait coulé de sa bouche et formé une croûte épaisse sur son menton. Quand elle y porta un doigt, elle provoqua un écoulement rougeâtre. Le haut du crâne avait été broyé. Le sang séché collait les cheveux par mèches. Elle découvrit du sang sur un des montants du lit et des taches sombres sur le drap et le matelas. Sans aucun doute, il était mort – malgré tout elle prit son pouls –, et mort depuis longtemps.

Elle s'habilla rapidement, ouvrit la porte, jeta un coup d'œil avant de s'aventurer sur le palier et de s'y laver les mains. Elle récura la cuvette pour être bien sûre de n'y laisser aucune trace puis, après un nouveau coup d'œil sur le couloir, elle regagna sa chambre. Elle fit lentement et minutieusement le tour de la pièce afin de s'assurer qu'elle ne laissait aucune preuve de son passage. Elle trouva une épingle à cheveux, trois bigoudis dont un à bout fendu, et son bâton de rouge à lèvres. Elle se pencha sur le corps de Jim, chercha à se souvenir. C'était inutile. Elle ouvrit la fenêtre, l'enjamba et se retrouva sur une marche de l'escalier de secours.

Elle essaya d'abaisser de l'extérieur le panneau de la fenêtre, mais ses mains glissèrent sur la vitre poussiéreuse. Au même instant, quelqu'un avait frappé à la porte de la chambre. Ce bruit l'effraya davantage que le spectacle du cadavre de Jim. Ses mains lâchèrent le panneau qui retomba sur la barre d'appui avec un bruit sourd. Elle s'écarta de la fenêtre, se cogna à la rampe de l'escalier de secours, et perdit un instant l'équilibre en apercevant la rue quelques étages plus bas. Quand elle se ressaisit, elle était si faible qu'elle tomba à genoux sur l'escalier en fer.

Dans cette posture, elle eut un dernier regard pour la chambre, le temps de voir la porte ébranlée, le verrou de pacotille sauter, et la clef glisser de la serrure. La porte s'ouvrit d'un seul coup. Une femme grande et rousse se précipita dans la pièce, le visage crispé par l'angoisse. Elle tendit les bras vers le corps, courut et tomba à ses côtés. Ellen reconnut Vanessa.

Lentement, Ellen descendit le périlleux escalier métallique. Elle ne se redressa que lorsqu'elle fut en mesure de sauter dans l'allée. Elle franchit en quelques foulées les derniers mètres et déboucha sur le trottoir. Une fois dans la rue, elle gagna le carrefour et fit signe à un taxi.

Vanessa avait dû les suivre lorsqu'ils avaient quitté la boîte de nuit : elle avait guetté leur sortie à proximité de l'hôtel. Ne les voyant pas arriver, folle de jalousie, elle avait enfoncé la porte, s'attendant à trouver Jimmy dans les bras d'Ellen. Elle ne pouvait imaginer ce qu'elle allait découvrir.

Ellen prit résolument place dans le taxi. Il vira et s'engagea dans la 5e avenue, elle jeta un regard en arrière vers l'hôtel. Elle ne pensa pas qu'on avait pu la voir.

5

On ne l'avait pas vue, c'était ce qu'elle croyait. Elle contemplait la tige pâle de son bras, la fleur blanche de sa main et le cristal étincelant du verre de vin qu'elle tenait. Elle regarda le vin rouge sang tandis qu'elle le faisait couler dans le feu de l'âtre. Un bruit, un froissement de tissus, lui fit lever les yeux vers le miroir où elle croisa le regard sévère de Basil. Basil, lentement, doucement, hochait la tête, de manière à n'être remarqué de personne d'autre, en signe de désapprobation.

– Ellen, le vin est tiré pour être bu.

Elle se retourna et, malicieusement, porta le verre à ses lèvres, sur lesquelles elle en pressa le bord froid.

– Je sais, dit-elle. J'ignore pourquoi j'ai fait ça. Vraiment je ne sais pas.

– Il ne fallait pas, Ellen. Personne ne t'y obligeait.

Elle pesa ses mots, les isolant, en séparant les syllabes...

– Je sais, dit-elle. J'aurais pu m'en dispenser, mais j'en avais envie, tout simplement. Je l'ai fait parce que ça me plaisait.

Silencieux, le regard plein d'inquiétude, il la dévisageait.

Elle lui sourit et lui tendit son verre.

— Basil, s'il te plaît, va me remplir ce verre. Je te promets de le boire.

Il lui prit le verre des mains, mais sans lui rendre son sourire. Il hésitait, sur le point d'ajouter un mot; elle vit ses lèvres remuer. Puis il alla vers le maître d'hôtel.

Il y avait chez Basil quelque chose d'attendrissant, se disait-elle en l'observant alors qu'il circulait entre les couples qui bavardaient. Peut-être était-ce sa façon empruntée de tenir le verre devant lui, tel un signal ou un avertissement. Ou parce que, dans la glace, son reflet se rapetissait, le faisait ressembler presque à un enfant. Peu importait pourquoi elle éprouvait de la compassion, si toutefois c'était de la compassion, et non un simple mouvement de sympathie. Ce qui comptait, c'était ce qu'elle éprouvait à l'instant. Elle ferma les yeux et, en se retournant vivement, fit virevolter dans un bruissement sa longue et ample jupe de velours noir. Ses doigts se posèrent sur le collier de diamants. Un bijou que Basil lui avait offert avant la représentation, alors que dans les coulisses elle attendait tremblante le moment de faire son entrée, de quitter l'ombre pour la lumière, le moment où debout, une main posée sur l'acajou froid de son clavecin, les yeux clos, elle s'inclinerait devant la bête aux innombrables visages.

Basil était venu comme tout à l'heure; elle avait entendu frapper à la porte, entendu sa maquilleuse l'accueillir, vu son visage émerger des profondeurs du miroir. Elle lui avait parlé en fermant les yeux parce qu'elle avait redouté de découvrir dans les siens le reflet de sa propre peur. Elle ne les rouvrit que lorsqu'elle sentit la fermeté de sa gorge comme si une main de fer cherchait d'une caresse à la rassurer; et elle vit la splendeur du sourire de Basil. Sa performance accomplie, elle découvrait un salon enfumé, un enchevêtrement de bras et de dos dénudés, de costumes sombres, de chemises blanches, de robes aux mille reflets, et le visage rose et ridé de son hôtesse : la chétive et tremblotante Mme Smythe.

Elle était apparue, avec son corps spectral et sa tête luisante, qui avait l'air d'un masque. Mme Smythe lui avait aussitôt pris la main qu'elle serrait entre ses doigts osseux, en lui susurrant :

— Ma chérie, vous avez été magnifique. Quel son! Quelles couleurs! La vraie, l'authentique virtuosité!

Ellen lui fit un sourire de circonstance, comme par un mouvement automatique des lèvres. Elle tenait une main accrochée aux pierres qui ornaient son cou, perchée là comme un moineau à son nid au milieu d'une intempérie. Garder le sourire, présenter à Mme Smythe et aux invités un visage serein, exigeait toutes ses forces. Ses épaules s'affaissaient, et quelque chose en elle se vidait brutalement comme une eau usée se déverse dans un caniveau. A l'instant précis où elle sentit ses genoux fléchir, croyant qu'elle allait tomber, un éclair de colère étincela en elle, y trouva une mèche, s'enflamma et la réchauffa.

« Soyez maudite, maudite, maudite, pensait-elle en souriant plus largement à son hôtesse. De quel droit donnez-vous ces réceptions? Afin d'approcher tous ceux qui comptent? De nous accorder vos faveurs? Vous ne connaissez rien à la musique, ne comprenez rien à mon univers, de ce que cela exige d'agencer des notes dans le temps et l'espace, pour créer de nouveaux sons, leur insuffler un rythme, leur donner poids et sens, et tirer d'eux une réalité nouvelle! Vous ne connaissez que ces gens, ces gens que vous pouvez influencer, manipuler, obliger à vous obéir; vous ne vous intéressez qu'au pouvoir. Et c'est pour cela que je suis ici, que Basil est ici, et vous le savez. Oui, je sais et nous savons qu'il revenait à vous seule d'organiser cette réception en mon honneur. Fêter mon premier " retour " au concert. Sans quoi vous auriez pu perdre un peu de ce prestige qui vous est si précieux. De même qu'il me fallait accepter votre invitation, tout comme Basil, car le vieux Jeffry Upman assiste toujours à vos soirées et vous lui suggérez ses jugements. Les jugements de Jeffry! La renommée de Jeffry comme critique! Vos avis et votre pouvoir! Mais Mme Smythe, d'où tirez-vous vos opinions, et selon quels critères? La musique? Les quelques notes entendues ce soir lorsque vous n'étiez pas en train de bavarder avec l'un ou l'autre de vos amis? Ah, non, la musique n'est pas votre mesure! Vous n'avez jamais appris à l'écouter. Vous vous forgez des opinions par des moyens plus détournés, si toutefois on peut appeler cela des opinions. Vous aimez ces musiciens, ces compositeurs qui exécutent ce que vous leur demandez, qui ajoutent à votre célébrité, qui vous entourent et vous obéissent au doigt et à l'œil. Tout comme une boule de neige, n'est-ce pas, Mme Smythe? En roulant, elle devient de plus en plus grosse, et vous pouvez grossir avec elle. Mais si vous évitiez son passage, si vous lui résistiez, vous resteriez à l'écart et frissonneriez seule, on vous ignorerait. Maudite Mme Smythe! »

En réalité, Mme Smythe ressemblait davantage à un fantôme qu'à une boule de neige. Si ce n'était son visage à la jeunesse flétrie, elle était terriblement évanescente. Elle ressemblait à une ombre en dentelle grise, à une apparition enguirlandée. Ses doigts étaient des os roses, ses pieds des chaussures animées. Elle n'inspirait cependant aucune pitié car elle n'avait rien d'une femme désarmée. Elle ressemblait plutôt à un totem inquiétant, une amulette vindicative, qui aurait été placée sur votre chemin pour vous jeter un sort. Tout en vous félicitant, en vous souriant de toutes ses rides, elle vous jaugeait, mesurait votre loyauté, évaluait votre potentiel de célébrité et ce qu'elle pourrait en tirer à l'avenir.

— Quelle jolie robe, Mme Smythe, et quelle charmante soirée! Et maintenant vous me faites des compliments, je suis vraiment comblée!

Tout en débitant ces formules de politesse, Ellen remarquait avec une froide ironie qu'elles s'enchaînaient parfaitement, avaient un sens et trouvaient visiblement l'approbation de Mme Smythe. Mais on ne pouvait jamais savoir avec certitude ce que pensait Mme Smythe. Ses yeux, semblables à des gemmes serties dans un émail craquelé, restaient impénétrables et ses gestes en contradiction avec ses intentions. Ceux qui la connaissaient bien affirmaient que la première explication à son pouvoir, sa fortune mise à part, tenait à son impassibilité.

— Je veux vous faire connaître un charmant jeune homme, lui disait-elle, sa main griffue avidement plantée dans le poignet douloureux d'Ellen.

Mme Smythe redressa la tête, et elles fendirent la foule ensemble, frôlant au passage un peintre et sa maîtresse, une bande de compositeurs « chérubins » gloussant au récit d'une plaisanterie, une femme sculpteur qui semblait avoir taillé son propre visage à coups de hache dans l'albâtre, jusqu'au jeune homme au menton fuyant qui, d'une main furtive, tentait de dissimuler une pauvre moustache à l'instant où elles approchaient. Il les apercevait trop tard. Elles étaient déjà sur lui et sa main retomba maladroitement, accrochant sa poche, la ratant pour retomber mollement dans le vide. Elle remarqua une rougeur niaise sur son visage et le duvet indocile qui ombrait sa lèvre, trop long pour être l'oubli d'un rasage bâclé, pas assez fourni pour paraître viril.

— Ferdinand, annonça Mme Smythe, je sais que vous désirez connaître notre invitée d'honneur, notre chère Ellen que voici. Ellen, voici Ferdinand Jaspers. Je suis sûre que vous allez très bien vous entendre.

A peine les avait-elle présentés l'un à l'autre que Mme Smythe était déjà en quête d'une autre victime esseulée, balayant du regard la salle, la bouche entrouverte. Ferdinand, Ellen le vit tout de suite, n'était pas un habitué. Une rougeur venue du col menaçait d'envahir le reste du visage. Sa main s'éleva jusqu'à la bouche, s'y arrêta un instant, puis retomba à contrecœur.

— J'ai... j'ai... beaucoup aimé votre récital, Mme Purcell. Vraiment beaucoup aimé.

— Merci, lui accorda-t-elle.

Elle savait qu'elle devait en dire davantage et qu'il était peu charitable de ne pas mettre fin à la conversation. Mais elle prenait un certain plaisir à voir son malaise.

Il s'humecta les lèvres machinalement, se tapota la tête d'une main, lissa ses cheveux couleur d'argile. Elle s'amusait de voir une petite goutte de sueur se former sur son front et voulut deviner sur quelle aile du nez elle choisirait de tomber. Puis le silence qui n'avait servi qu'à nourrir l'humiliation d'un jeune homme fut rompu par une voix. Elle appartenait à une invitée, une voix qu'elle avait déjà entendue et qui parlait d'une chose qu'elle ne voulait pas voir exposée, qu'elle espérait tombée dans l'oubli...

— Comment avez-vous fait pour ne pas en avoir entendu parler? C'était dans tous les journaux. Les plus scandaleux ont même montré des photos où ils sont allongés côte à côte. Une serviette de toilette jetée sur lui et elle entièrement habillée. Même ainsi, j'estime que l'on n'aurait pas dû imprimer de telles choses. Ces journaux affirment qu'elle l'a tué, vous savez. Oh! Ils se basent sur l'heure du décès. Selon le médecin légiste, il est mort plusieurs heures avant elle. Voilà comment ça s'est passé, c'est du moins ce qu'ils disent. Elle l'a tué par jalousie ou pour une tout autre raison, puis elle a flanché. Le veilleur de nuit a déclaré qu'il avait loué une chambre à un couple... Non, mais vous ne pensez tout de même pas qu'ils ont donné leurs vrais noms? Oui! Elle a dû éprouver des remords... et se suicider. Mon cher, je suis très étonnée que vous n'en ayez pas entendu parler... Un scandale, un véritable scandale. Je l'avais croisé un ou deux jours avant... Il chantait au Village, vous voyez...

Ferdinand s'éclaircit la gorge et Ellen se reprit. Elle réalisa que pendant qu'elle écoutait ces propos, n'osant pas se retourner pour reconnaître l'intervenante, elle avait dû dévisager ce jeune homme d'un regard vide et fixe. Il avait peut-être pris ça pour une attention soutenue, le signe d'un certain intérêt. Elle baissa vivement les yeux.

Il toussa.

— Je... je suis poète, dit-il.

Pourquoi, mais pourquoi fallait-il qu'il le lui dise? Qu'est-ce que ça pouvait lui faire qu'il fût poète? Elle continuait à le fixer. Si dans un premier temps il avait pu prendre son regard pour une invite, il n'en allait plus ainsi. Elle le comprit en voyant le visage du jeune homme se fermer dans un tremblement ridicule de la moustache à mesure qu'il prenait conscience de son hostilité.

— Je... je veux dire, poursuivait-il, que j'ai publié un livre. Un petit recueil de poèmes.

Et sa main s'éleva en un éclair vers la bouche, puis retomba aussi rapidement.

Bien qu'elle n'eût pas détourné les yeux, elle ne l'écoutait pas. Elle avait de nouveau entendu la voix, la voix familière; et elle était convaincue, pour peu qu'elle se concentre, qu'elle pourrait l'identifier. La voix s'était élevée au-dessus du brouhaha de la foule et, dans son envolée semblait avoir créé un espace à part, un silence à l'intérieur du bruit dans lequel la voix seule existait, elle seule décidait.

— En fait, disait-elle, je me souviens de l'avoir vu plus récemment encore. Oui, non seulement je l'ai entendu chanter quelques jours avant sa mort, mais il était venu dans mon atelier l'après-midi même... Oh! oui, je le connaissais bien... Il avait l'habitude de passer comme ça à l'improviste... Elle, qui c'était? Elle n'était pas de notre monde, mon cher. Une fille épouvantable... Danseuse, je crois. Je l'ai lu quelque part. Danseuse, oui, je suis absolument certaine qu'elle était danseuse... Pourquoi? Sait-on jamais? Elle l'aimait je suppose. Est-ce que ce n'est pas toujours la bonne explication? Son nom? Je ne m'en souviens pas. Je l'ai lu une fois... c'était dans tous les journaux, bien sûr... Mais..., là je n'arrive pas à me rappeler.

Ellen reconnut la voix : elle ne pouvait appartenir qu'à Nancy. Dès lors, elle se sentit irrésistiblement poussée à traverser la pièce pour faire face à Nancy et se prouver une fois encore qu'elle n'avait rien à redouter. Elle l'entendait derrière elle, assez lointaine. « Elle doit se trouver près de la cheminée. » Ellen fit volte-face et commença à se frayer un chemin dans la cohue. Le jeune homme était médusé, son visage blême. Elle le vit du coin de l'œil en frôlant le premier couple qu'elle dépassa. Elle était désolée pour lui. Mais elle n'allait pas perdre son temps à lui présenter ses excuses. Il était trop impératif de trouver Nancy, de se mêler à la conversation et d'entendre clairement chacune de ses paroles.

Elle se rendit compte que sa marche précipitée à travers le salon déclenchait quelques commentaires, et que des regards étaient posés sur elle; mais elle s'en moquait. Elle se força tout de même à ralentir le pas, à contourner un homme conversant avec une femme corpulente plutôt que de se glisser entre eux. Elle cherchait à apercevoir Nancy au lieu de s'en remettre à sa seule voix. Elle s'arrêta pour avoir une vue d'ensemble et finit par la repérer. Nancy était appuyée contre la cheminée, son visage de granit contorsionné par l'emphase, ponctuant vivement ses propos de ses mains de paysanne. Ellen fut soulagée.

Sans hésitation, elle se précipita vers elle, plus impulsive qu'auparavant, heurta un canapé et faillit bousculer le maître d'hôtel et son plateau.

Nancy la vit approcher. Elle négligea son partenaire – un type au visage blafard, aux cheveux gominés et à l'expression passionnée –, et s'écria :

– Ellen chérie, tu as été merveilleuse! Un véritable triomphe! Ellen, je suis si contente que tu sois là, je crois que tu vas pouvoir nous aider. Ellen, dis-moi, tu te souviens de ce garçon, un musicien, un chanteur de ballades, dans mon atelier, l'été dernier?

Ellen adressa un signe de tête à l'homme auquel elle n'avait pas été présentée. Puis elle observa le visage massif de Nancy.

– Tu veux parler de Jim Shad?

Le souffle suspendu, elle attendit la réaction de Nancy. *Savait-elle?* Mais le visage de Nancy était inexpressif.

– C'est cela. Oui, je me souviens aussi de son nom. Mais Ellen, je n'arrive pas à me souvenir du nom de la femme. C'était une danseuse, une fille épouvantable. Celle qui l'a tué. Tu sais qu'il a été assassiné, n'est-ce pas? Je croyais que tout le monde le savait, que tout le monde l'avait lu dans la presse. Ça a été un tel scandale; elle lui a défoncé le crâne, tu sais! Mais Jack me disait qu'il n'était pas au courant. Toi, Ellen, tu le savais, non?

Ellen souriait, amusée par le bavardage de Nancy.

— Affreux. J'ai lu ça à l'époque. A-t-on retrouvé le coupable?

Elle était fière de son calme, de son aplomb.

Nancy écarquilla des yeux incrédules.

— Mais chérie, c'est ce que j'essaie de t'expliquer. Cette femme, quel est son nom déjà? elle l'a tué et s'est suicidée. Mais pourquoi ne s'est-elle pas servie de son arme contre lui, ça je ne l'ai jamais compris. Et je n'arrive pas à me rappeler son nom. Je m'imaginais que tu t'en souviendrais, c'était une danseuse.

Nancy semblait épuisée à force de chercher.

Ellen la détailla plus attentivement. Sa façon de s'appuyer contre la cheminée, et son air abattu confirmaient qu'elle n'était que follement curieuse. Ou bien était-ce de la malice? « Pourquoi ne s'est-elle pas servie de son arme?... Je ne l'ai jamais compris », disait-elle. L'avait-elle dit ironiquement? Était-ce un détour pour lui faire comprendre qu'elle la suspectait? Cette idée la torturait et l'obligeait à éviter son regard. Ellen savait pourtant qu'elle ne devait pas le fuir. Si Nancy la suspectait, un tel comportement ne pourrait que conforter ses doutes. Il fallait absolument bluffer.

— Je me souviens maintenant. Je crois avoir lu quelque chose au sujet d'une danseuse. Elle l'a tué, c'est bien ça? Tu la connaissais?

Elle parlait sèchement, brusquement.

Jack qui caressait le marbre de la cheminée la

dévisagea surpris. Nancy, si elle remarqua quelque chose, n'en laissa rien paraître.

— C'est justement ça, Ellen. Le veilleur de nuit affirme qu'il les a inscrits ensemble sous leurs faux noms la veille au soir. Puis il les a trouvés le lendemain matin. Tous deux morts. Elle l'avait tué, puis s'était suicidée. Tu ne te souviens pas de son nom?

Ellen se passa la main sur la gorge, toucha le collier de diamants, et fut rassurée par cette froide présence.

— Je ne peux pas dire que je m'en souvienne. Je regrette mais je crains de n'avoir pas suivi l'affaire. Ça a dû arriver juste avant que nous partions, Basil et moi. Nous sommes allés dans son bungalow à Catskills. Tu ne t'en souviens pas? Je m'isolais complètement pour pouvoir travailler et Basil était pris par ses orchestrations. Nous n'avons pas lu un journal de tout l'été, je crois bien avoir raté ces détails macabres.

Nancy sourit.

— C'est vrai, j'avais oublié que toi et Basil étiez partis. Vous avez même dû partir cette semaine-là! Oh! peu importe. Mais j'aimerais tellement que ma mémoire ne me joue plus de sales tours.

Elle voyait bien maintenant qu'elle s'était trompée. Il n'y avait aucune arrière-pensée dans la question de Nancy; une simple curiosité de cancanière, propre à sa nature. Mais comme elle s'était inquiétée! La bouche sèche de la peur, la froide panique étaient de nouveau là, en elle. Les détails de cette matinée affluaient. Ce matin qui lui semblait remonter à plusieurs années et qui n'était vieux que de quelques mois. En rentrant chez elle, elle avait trouvé Basil assis dans son fauteuil de cuir à la bibliothèque, endormi de façon inconfortable, tête renversée. Elle avait tout de suite compris qu'il l'avait attendue, qu'il avait dû s'inquiéter de son absence. Elle s'était approchée, agenouillée près de lui et l'avait réveillé en l'embrassant.

Il avait ouvert les yeux avec difficulté, passé lentement une main sur son front avant de la voir vraiment et de comprendre qu'elle était enfin rentrée. Il s'était tassé dans son fauteuil, endolori par les courbatures de la nuit. Il avait pris sa main et l'avait pressée très fort.

– Tu vas bien?

Elle était loin d'aller bien. Elle avait eu peur et mal au point de songer au suicide. Pendant le trajet en taxi, le visage de Shad l'avait obsédée et, en cet instant même, devant Basil, elle avait senti le sang sur elle comme un poids ou une brûlure. Elle n'avait pas su comment lui parler de tout ça. Elle avait compris qu'en elle il y avait quelque chose de faux et de sérieusement détraqué, qu'elle était perverse et mauvaise. Malgré tout, la sollicitude de Basil lui avait redonné des forces. Elle était capable de mentir :

– Je vais très bien.

Plus tard, bien plus tard, elle avait décidé de ne pas lui en parler. Elle avait fait le point sur la question. Il l'apprendrait bien assez tôt, estimait-elle. Plus brutalement peut-être, mais de façon plus impersonnelle, moins douloureuse donc. Elle s'était rendue dans la salle de musique, s'y était enfermée et, pour la première fois depuis son retour de clinique, avait joué de son instrument. Tout au long de la journée, ce fut comme si ses membres, son corps, son âme même ne lui appartenaient plus, comme si elle n'avait pas entendu, c'est ainsi qu'elle s'en souvenait, la musique qu'elle jouait, hésitante, comme si sa respiration n'avait plus été la sienne. Elle s'était vue, cruelle et tranchante lame chirurgicale, posée sur un tissu stérilisé, affûtée, prête à l'emploi. Et la musique était devenue sous ses doigts d'étincelants éclats de son qui avaient lacéré le silence.

Comme la nuit approchait, Basil avait frappé à la porte et l'avait persuadée de descendre dîner. Ensuite il avait proposé, et cela ne lui avait pas déplu, de faire une promenade. Il avait acheté un journal à l'entrée du parc.

Ils s'étaient assis sur un banc et l'avaient lu. En fermant les yeux, aujourd'hui encore elle pouvait revoir le gros titre sous l'éclairage du lampadaire, et l'article qui relatait le meurtre de Jim Shad, le suicide de Vanessa. Elle avait arraché le journal des mains de Basil et lu l'article. D'abord elle n'avait pas saisi la raison pour laquelle Vanessa s'était suicidée, puis elle avait compris que la police ne la comprenait pas davantage. Ça lui avait paru comique que la police imaginât Vanessa meurtrière, elle avait eu envie d'avouer, de pleurer, de se mettre à danser comme une petite fille coiffée de nattes. Mais elle n'osa pas céder à cette lubie soudaine devant Basil. Il voulut savoir pourquoi ce crime l'intéressait tant. « Ce journal relate chaque jour un meurtre », avait-il dit. Lui répondre avait été relativement facile. Elle lui avait rapporté sa rencontre avec Jim Shad, précisément dans l'atelier de sa sœur. Elle lui avait dit que c'était la première fois qu'une de leurs relations était assassinée, et que tout naturellement elle s'y intéressait.

Quelques jours plus tard quand Basil avait proposé de se rendre à Catskills, elle avait été soulagée à l'idée de quitter la ville, de se retrouver seule et coupée du monde, de pouvoir méditer. Bien sûr Basil lui avait tenu compagnie la majeure partie du temps, hormis ces deux semaines en août où il dut diriger plusieurs concerts d'été. Se retrouver avec Basil l'avait changée. Bien que cela fût presque la même chose que de rester seule, ils étaient néanmoins côte à côte. Le clavecin et le piano avaient été transportés dans le bungalow, et ils partageaient leurs journées. Le matin elle faisait des exercices et lui musardait à sa guise. L'après-midi Basil déchiffrait des partitions et répétait les passages difficiles tandis qu'elle se promenait dans la montagne, en quête de laurier-rose ou d'un ruisseau qu'elle traversait à gué. Le soir, ils se retrouvaient pour remonter les sentiers en lacet, ou s'allonger dans l'herbe humide de rosée, enlacés, le regard perdu dans les étoiles.

Elle n'avait jamais élucidé ce qui s'était passé. Après plusieurs tentatives, elle avait décidé qu'elle irait trouver le Dr Danzer (qu'elle aurait dû appeler, ce qu'elle n'avait pas fait) afin de tout lui raconter. Une autre fois elle s'était dit que ce serait inutile, que le Dr Danzer lui répéterait ce qu'il lui avait déjà dit. Il lui dirait qu'il ne s'était rien passé, que c'était une hallucination, née de sa névrose, qui tendait à la défaire d'une culpabilité trop refoulée. Elle n'y avait souscrit que peu de temps. L'autre facette de sa personnalité, son moi raisonneur et sceptique, s'était moquée de cette version. Elle savait que, quoi qu'il se fût passé, cette ultime nuit avec Shad était bien réelle, que ça n'avait pas été un rêve. Shad était mort, et sa mort avait été décrite dans les journaux. De plus — et la chose étrange était qu'elle puisse en formuler l'idée, y penser froidement comme à une évidence, sans inquiétude –, il était très vraisemblable, il était probable qu'elle l'avait tué.

— J'ai toujours pensé que dans cette affaire quelque chose n'a jamais été tiré au clair.

La réflexion de Nancy résonna comme une sonnerie de trompettes. Brusquement sa rêverie se brisa et elle eut une conscience aiguë de ce qu'une langue bien pendue comme celle de Nancy pouvait représenter comme danger.

— La police affirme qu'elle était jalouse. Des témoins les ont vus se disputer. Ils l'ont entendue lui reprocher son infidélité le soir même où elle l'a tué. Mais les deux amants n'ont pas fait la moindre allusion à la personne qui avait provoqué cette jalousie; ils en faisaient un véritable mystère!

Nancy rejeta la tête en arrière pour accentuer sa remarque. Jack, son blafard interlocuteur, eut un hochement de tête indifférent. Cette discussion semblait l'ennuyer profondément.

Ellen n'arrivait pas à savoir si Nancy soupçonnait réellement quelque chose ou non. Elle donnait l'impression d'approcher de plus en plus près une vérité. Si elle était vraiment rouée, peut-être lui faisait-elle subir une épreuve.

— Oh! Je suis bien certaine que la police était au courant! s'exclama-t-elle en essayant de donner à sa voix le ton de l'exaspération, comme si elle était lasse de les entretenir d'un vieux crime sordide. Ils ont sans aucun doute interrogé cette personne et, croyant à son innocence, ils n'ont pas dévoilé son nom. Aimeriez-vous voir ruinée la réputation d'une femme innocente?

Nancy observait Ellen attentivement avec un léger sourire.

— Ellen, reprit-elle, tu dois penser que je suis un monstre. Évidemment je ne voudrais pas voir imprimé le nom de cette mystérieuse personne. Je voudrais simplement savoir qui elle est, c'est tout. Vois-tu, Jim Shad était mon ami et je ne peux pas m'empêcher de me poser cette question. Il en serait de même pour toi si tu étais à ma place. Ne l'as-tu pas rencontré chez moi la veille de son assassinat?

Elle ouvrit la bouche afin de répliquer, de dire n'importe quoi, pour briser le silence et gagner du temps. Mais avant qu'elle pût sortir un mot, Mme Smythe, telle une apparition, se matérialisa à ses côtés. Ses doigts secs agrippèrent son coude, son visage ridé eut un sourire enjôleur.

— Ellen chérie, je suis désolée de vous enlever à des personnes aussi charmantes, mais notre cher Jeffry est impatient de vous voir. Il a écouté votre concert, vous savez, et il va faire un petit compte rendu demain dans le journal. Et chérie, il veut avoir une petite conversation avec vous avant de rendre son papier. Je suis certaine que vos charmants amis vous excuseront.

Empoignant fortement le bras d'Ellen de sa serre d'oiseau, Mme Smythe la fit pivoter et la poussa de biais à travers la foule vers un autre coin du salon où Jeffry Upman, seul, était assis sur une chaise dorée, frappant délicatement les lames foncées du parquet du bout ferré de son parapluie étroitement roulé. C'était un vieil homme frêle, agité de tremblements, dont la maigre silhouette avait pris la forme d'un point d'interrogation. Savoir si la posture de son corps avait quelque chose à voir avec sa prédilection d'esthète pour la rhétorique avait été longtemps un sujet de controverse parmi les plaisantins de la 57e rue. Quoi qu'il en fût, tous ses articles étaient farcis de points d'interrogation tels des raisins dans le pudding.

« La nuit dernière dans l'auguste hall de Carnegie, écrivait-il, au milieu du cérémonial habituel et dans le silence qui convient, M. Blizz Blazz s'est révélé être l'un des grands artistes de notre temps. Quelque chose sous son doigté semblait faire fondre les notes, bien qu'à aucun moment ne leur fît défaut cette charpente qui dérive d'une sûre maîtrise, quelque chose qui commandait à nos plus subtiles émotions et exigeait une qualité d'écoute égale à la qualité musicale de M. Blizz Blazz. Y avait-il quelqu'un dans l'auditoire qui eût remarqué, à l'occasion, un très léger écart de la tonalité voulue? D'autres ont-ils distingué, ici ou là, certaines inflexions non orthodoxes, voire contestables? Sans doute une ou plusieurs personnes dans l'assistance ont-elles perçu quelques inconsistances du tempo, un malencontreux trémolo, des ralentissements mal venus? Dans ce cas, ces connaisseurs faisaient exception, comme le prouvèrent spontanément les applaudissements cataclysmiques qui récompensèrent l'artiste après son second récital. La reconnaissance par l'audience de l'artiste fut sans équivoque. Le programme annonçait que cet incomparable pianiste interpréterait en seconde partie des concertos de Mendelssohn, Tchaïkovsky et Sibelius, ainsi que quelques morceaux moins importants de Lalo, Debussy et Thomson. Malheureusement, l'heure avancée et l'atroce longueur des programmes contemporains, firent obstacle à notre attentive écoute. »

Jeffry était déjà critique musical à New York avant l'ère Gustav Mahler. Maintenant il était non seulement très âgé mais somnolent, chose que plus d'un amateur de concert avait pu vérifier en le voyant s'assoupir sur son siège lors des plus tonitruantes symphonies. Généralement il parvenait à rester éveillé le temps de l'ouverture, ensuite le sommeil l'emportait. Pour de nombreux musiciens, un critique dormeur n'est pas plus dérangeant que le sommeil d'un chat, et la somnolence de Jeffry ne serait sans doute jamais devenue un sujet de plaisanterie s'il ne s'était pas mis aussi à ronfler. Plus d'un violoniste, dans l'exécution d'un solo d'une suite de Bach ou le calme mouvement d'une sonate de Debussy s'était trouvé gêné par cette désastreuse habitude, aussi imprévisible que fréquente. Curieusement, sa réputation ne semblait pas en avoir souffert. Certains prétendaient qu'il le devait à l'influence de Mme Smythe, et c'était en partie vrai, mais plus certainement, cela provenait du respect qu'inspire à notre société tout ce qui est vieux et coutumier. Les gens étaient habitués à voir la signature de Jeffry Upman dans les journaux. Une dizaine d'années auparavant, il avait écrit plusieurs ouvrages sur *la Critique musicale* dont Mme Smythe avait favorisé la diffusion par l'entremise d'un club du livre. Et pour le public en général, il était autant un point de repère, en potiche respectable du mobilier culturel, qu'un homme d'État à la retraite. De toute façon, les gens, pour la plupart, ne lisent pas la critique musicale.

Ellen savait tout cela et, le voyant, comprit qu'il était vain d'éprouver de l'amertume à l'endroit du vieil âge. Droite devant lui, devant sa tête branlante, ses yeux morts sous les lourdes paupières, sa chair blême de vieillard veinée de bleu, elle avait envie de rire, de le soulever de sa chaise dorée, de le tourner vers l'assistance et de s'écrier : « Voilà! regardez-le. Voilà ce qui juge la musique que vous entendez. Voilà celui dont vous allez lire la critique demain pour apprendre si ce que vous avez écouté ce soir était bon ou mauvais! » Bien sûr, elle n'en fit rien.

Leur rencontre était une formalité. Tous deux le savaient et se faisaient réciproquement comprendre qu'ils le savaient tout en cherchant leurs mots. Mme Smythe rompit le silence.

— J'étais sûre, Jeffry, que vous voudriez parler à notre chère Ellen. Tout le monde, absolument tout le monde a été stupéfait par sa performance ce soir.

C'étaient les instructions qu'attendait Jeffry. Ellen ne l'ignorait pas. Et elle comprit aussi que Mme Smythe avait provoqué la rencontre, que Jeffry n'éprouvait aucune hâte à la voir et attendait simplement de connaître le verdict de son amie.

Comment Mme Smythe formait-elle son jugement, personne ne le savait et Jeffry moins que quiconque. Mais ce jugement n'avait rien de définitif, il faudrait encore jouer le jeu jusqu'au bout, se montrer aimable avec la frêle et vieille silhouette qui maniait son parapluie en levant des yeux interrogateurs sur elle, des yeux qui dormaient déjà, qui ne demandaient rien d'autre que de sortir de cette pièce bruyante et surchauffée, loin de tous ces gens remuants, et de pouvoir encore une fois se fermer.

— C'est très aimable à vous d'être venu, Monsieur Upman, dit-elle. (Quoi dire d'autre?) Je suis impatiente de lire votre critique.

Jeffry se trémoussa un peu sur sa chaise et le parapluie frappa plus fort. Il toussa, sèchement, une fois, deux fois. Elle se souvint qu'il faisait toujours précéder ses déclarations de ce rituel. Quand il parla, sa voix fit penser au raclement d'une craie sur un tableau noir, ou à une flûte atone.

— Splendide! Splendide! Splendide! grinça-t-il.

Puis il baissa les yeux vers sa main tandis qu'elle glissait sous la veste, et sortait de la poche intérieure un boîtier d'or. D'un claquement sec, il en ouvrit le couvercle; deux pattes d'araignée apparurent sur un cadran d'ivoire.

— Splendide! siffla-t-il encore en se levant graduellement, les genoux raides, le corps voûté, les pieds au bas du point d'interrogation.

— Il est tard, il faut que je parte.

— Non Jeffry, dit fermement Mme Smythe.

Et comme il continuait de se lever, elle lui fit comprendre sa résolution en le repoussant sur la chaise.

— Ellen a promis de jouer pour vous et je sais que vous voulez l'entendre.

Le menton du vieil homme s'affaissa et ses lèvres tremblèrent de dépit. Mais il ne fit que répéter :

– Splendide! Dans ce cas! Quoi qu'il en soit, splendide!

La conversation, si on pouvait l'appeler ainsi, s'acheva aussi impérieusement qu'elle avait commencé : par l'irrésistible pression de Mme Smythe sur son bras. Soumise, Ellen se détourna de Jeffry et se laissa entraîner par sa tyrannique hôtesse à travers la foule des invités. Cette fois elle fut conduite vers le fond de la grande salle où se trouvait une estrade drapée de velours, ornée de deux grands vases de roses et sur laquelle se trouvait le clavecin dont Mme Smythe avait prévu, pour la circonstance, l'installation. Dans le courant de la soirée, les rideaux avaient été tirés, tenant l'instrument dissimulé. En cet instant, le maître d'hôtel était encore occupé à rattacher un volant et à corriger la position des vases emplis de roses. A mesure qu'elles avançaient parmi les invités, elles devenaient le centre d'attraction. Quel signal Mme Smythe avait-elle donné pour rendre possible ce miracle, cet arrêt soudain et inattendu des bavardages, cette intense curiosité? Peut-être aucun, ou peut-être le maître d'hôtel avait-il été prié d'ouvrir les rideaux dès qu'il les verrait parler avec Jeffry, ou plus vraisemblablement encore toute la soirée avait été planifiée selon un horaire rigoureux. Quel que fût l'artifice, les réceptions de Mme Smythe étaient toujours marquées par ces rapides et précis changements de décors, hautement révélateurs de la présence d'un metteur en scène expérimenté : Mme Smythe en personne.

Au milieu de ses pensées, Ellen aperçut une minuscule créature, une silhouette légèrement voûtée vêtue de soie moirée, Mme Tedescu. Elle se trouvait un peu à gauche d'un groupe composé de deux hommes et d'une femme exubérante qu'elles allaient croiser.

173

Négligeant Mme Smythe, elle obliqua et se fraya un chemin vers la souriante vieille dame dont la présence solitaire signifiait tant pour elle. Mme Tedescu avait une soixantaine d'années. Son visage était marqué par l'âge et sa faiblesse l'obligeait à s'appuyer sur une canne d'ébène à pommeau d'or. Ses cheveux blancs tombaient un peu tristement sur ses épaules, mais son regard était aussi brillant et son sourire aussi spirituel que le jour où Ellen était allée la trouver pour la première fois.

Madame la vit s'approcher. Le sourire se fit large et les yeux pétillèrent. Elle se souvint que madame lui avait souvent dit, avec conviction, qu'elle était son élève préférée. « La seule à qui je souhaiterais transmettre mon savoir. »

Elle comprit aussi, à l'évocation de ces mots, que madame ne lui mentirait pas, que madame lui dirait sincèrement si elle avait bien joué ce soir.

Mme Smythe, surprise de sa dérobade, rattrapa Ellen alors qu'elle rejoignait sa vieille amie et professeur, comme si elle avait senti qu'Ellen avait une raison particulière de se soustraire; elle s'arrangea pour se placer entre elles et parler la première.

— Vous pouvez être fière de notre Ellen, ce soir, madame. Ce cher Jeffry me disait il y a un instant que ce récital avait été un des grands événements de sa vie. Évidemment vous lirez sa critique demain pour savoir ce qu'il en pense, mais je peux déjà vous révéler confidentiellement que ce sera superbe.

Ellen s'imaginait accoutumée à la grossièreté de Mme Smythe, à ses jugements arbitraires, mais elle n'avait pas imaginé un tel manque de tact. Si elle rougit, si elle sentit sa gorge se faire sèche, ce ne fut pas du seul fait de son embarras. Elle avait en effet très vite compris que la raison pour laquelle Mme Smythe ne voulait pas qu'elle revît sa vieille amie — et celle pour laquelle elle essayait maintenant de l'influer à l'exemple de Jeffry — pourrait bien être que Mme Smythe, et Dieu sait que sa compétence musicale brillait par son absence, avait senti que, ce soir, quelque chose s'était mal passé.

— Vous n'avez pas besoin de me parler d'Ellen.

Mme Tedescu s'exprimait lentement, toujours avec une trace d'accent viennois.

— J'étais au concert, je l'ai écoutée.

Elle hocha gravement la tête, puis la regarda et lui sourit. Ses yeux étaient sérieux, et son sourire bienveillant. Sur un simple changement d'expression, une indéfinissable mélancolie, elle lui fit comprendre qu'elle était inquiète.

— Il y a des années que je ne vous ai vue, Ellen, dit-elle. (Mais il n'y avait aucun reproche dans sa voix.) Pourriez-vous passer demain à mon atelier dans la matinée? Ce serait le mieux; nous y serions plus à l'aise pour parler.

Et toujours en souriant, elle tendit la main et lui caressa l'épaule.

Le maître d'hôtel en avait terminé avec les rideaux et les vases, Mme Smythe était impatiente de déposer sa proie sur l'estrade.

— Ellen a accepté de jouer pour nous, madame, dans quelques instants.

Elle dansait d'un pied sur l'autre; les voiles gris de sa robe ondulaient mystérieusement, comme pour suggérer une hâte que, trop bien élevée, elle n'osait montrer ouvertement.

Mme Tedescu cessa de sourire et son expression trahit l'inquiétude.

— Mais vous êtes fatiguée, Ellen! Vous avez assez joué ce soir.

Son intonation était un peu sévère.

Mme Smythe fit la preuve de sa grande présence

d'esprit. Elle se retourna immédiatement, l'air aimable mais la voix autoritaire.

— Je ne veux pas que vous jouiez si vous êtes trop fatiguée, Ellen chérie. Je ne sais que trop à quel point vos concerts doivent vous épuiser! Mais, très chère, Jeffry serait tellement déçu!

Bien qu'elle n'eût aucune envie de jouer, qu'elle eût seulement hâte de quitter cette réception ridicule, cette salle pleine de gens affreux, et de sortir, de sentir l'air sur son visage, de lever les yeux et de voir le ciel, d'être seule, elle perçut la menace dans le propos de son hôtesse et sut que, si elle ne se soumettait pas à ses désirs, Mme Smythe serait capable de s'entretenir à nouveau avec Jeffry, de bouleverser leurs jugements. Et elle eut peur, moins des paroles de madame que des sous-entendus de leur hôtesse. Ellen avait besoin de la « plume » de Jeffry.

— Bien évidemment, je vais jouer, fit-elle à Mme Smythe. (Puis s'adressant à sa vieille amie en lui pressant la main.) Vous verrez, je ne suis pas trop lasse. Et, je vous le promets, je passerai vous voir demain matin.

Mme Tedescu n'était pas contrariée par sa décision, mais elle acquiesça d'un bref hochement de tête et d'un sourire contraint. Mme Smythe la bousculait ouvertement et Ellen savait que son désagrément deviendrait flagrant si elle s'attardait davantage. Elle se laissa donc conduire vers l'estrade.

Tandis que son hôtesse haussait la voix pour l'annoncer, elle s'installa devant l'instrument et ferma les yeux. Dans quelques instants il lui faudrait placer ses doigts sur les claviers, les plier, frapper les notes et cesser de penser à ses préoccupations pour se consacrer uniquement à la musique. Ainsi devait-il en être. Mais cela ne s'était pas passé depuis bien longtemps, sauf en de rares occasions ici ou là. Depuis le début de l'été, depuis le jour où elle avait quitté la clinique, elle avait interprété chaque jour quelques pièces. Ses doigts avaient joué, les notes avaient résonné tandis qu'elle suivait sa partition ou que sa mémoire la guidait. Tous les vieux trucs étaient revenus, sa virtuosité avait progressé. Mais ce ne fut parfait qu'en quelques circonstances seulement. Presque invariablement toutes les notes avaient été jouées au bon moment, la tonalité était juste, le phrasé correspondait à ce qu'elle voulait. Pourtant il lui semblait que son jeu n'avait été qu'une succession de notes, une alternance de tons, un vieux sac de mesures. Il n'y avait pas d'ensemble; ça fonctionnait, et encore..., mais bêtement, par soubresauts. Sa technique pourtant demeurait impeccable; ses doigts répondaient à son désir. Toutes les notes y étaient. Si ce n'était plus son univers si cela avait cessé d'avoir un sens pour elle — et il s'agissait bien de cela —, quelle faute avait-elle commise pour en arriver là? Qu'est-ce qui s'était détraqué?

Mme Smythe avait terminé son annonce et une vague d'applaudissements l'avertit que l'on attendait. Elle ouvrit les yeux, regarda ces visages roses, soignés, l'exhibition de ces bras et de ces dos nus, l'éclat des plastrons blancs et le drapé des robes. Elle remarqua à quel point ils ressemblaient à une banale collection de figurines de porcelaine tirées de l'étagère d'un bric-à-brac. Une mélodie exemplaire prit forme dans son esprit, s'y grava avec précision, lui donnant une sensation de vitalité et de bien-être. La première mesure de l'aria d'Anna Magdalena. Si seulement elle pouvait la jouer encore une fois, fidèlement comme elle l'entendait! Car madame écoutait, elle écouterait de toute son intelligence; et, si elle s'en tirait bel et bien comme il le fallait, elle saurait le reconnaître et le lui dirait.

Elle chercha madame parmi les visages roses. Elle vit Jeffry, et plus loin Nancy, toujours en pleine conversation avec l'homme blafard. Près d'eux se trouvait une superbe rousse, une très belle fille en robe de satin noir, une fille qu'elle croyait connaître. Elle parlait avec un homme blond, gravement, calmement, comme si elle l'aimait. Qui était cet homme? Lui aussi, elle avait l'impression de le connaître; mais elle ne le voyait de lui qu'une épaule, la nuque et la main levée en un geste qu'elle reconnut familier, qu'elle était certaine d'avoir vu de nombreuses fois.

La fille, qui ne le masquait qu'à demi, se déplaça pour lui faire face, le dissimulant tout à fait. Oh! voilà qu'ils s'avançaient. Il avait glissé son bras à sa taille; ils se dirigeaient vers un coin de la salle, où ils passeraient inaperçus. Ils étaient amoureux. Ellen était heureuse de les avoir vus. Que son regard ait pu se poser sur eux avant de plaquer le premier accord était bon signe. Mais qui étaient-ils? Pourquoi avait-elle l'impression de les connaître? Elle les observa tandis qu'ils avançaient, enlacés, vers une loge. Elle vit le visage de l'homme pour la première fois au moment où, dans la loge, il tira le rideau de velours. C'était Basil.

Sa main tomba lourdement sur le clavier, et l'autre l'accompagna machinalement. Le regard se posa sur le dédale de touches noires et blanches, puis se mit à suivre les deux rats pelés et décharnés qui couraient en tous sens, cherchant aveuglément à s'enfuir. Elle entendit des rires au bout de quelques secondes, puis des bavardages impatients, mais elle ne pouvait quitter des yeux les rats et leur course confuse dans le labyrinthe noir et blanc. Il y avait aussi un bruit, un bruit de verre brisé, de sang coulant goutte à goutte, puis le son grêle de centaines de verres brisés et une pluie de sang. Mais ce bruit se mêlait à l'autre, à celui des rires et des murmures, et n'avait rien à voir avec ces pauvres rats pelés et leur course folle.

Enfin, sans aucune raison, les rats cessèrent de courir, le dédale s'ordonna de lui-même sous ses yeux. Quelqu'un, quelque part, applaudissait, seul. Elle baissa les yeux vers les genoux et vit que les rats s'étaient nichés là, endormis comme des enfants après leurs jeux. Le tintement, les bruits de verres brisés, du sang coulant goutte à goutte, persistaient en elle; mais à présent elle en reconnaissait la mélodie, un air familier, qu'elle avait espéré ne plus jamais entendre : la chanson qu'elle venait de jouer.

Jimmy grille le maïs, et je m'en fiche.
Mon maître est parti...

6

Jimmy grille le maïs.
Jimmy grille le maïs.

Le refrain se glissa dans un de ses rêves et s'imposa, telle une mise à prix lancée contre elle, dans les rêves suivants, avec un écho faiblissant comme celui du cri qu'elle entendit. Puis ce fut le silence, un silence qui suivrait la chute d'une pierre au fond d'un puits.

Ellen était allongée sur le lit, immobile et silencieuse mais tendue. Si seulement elle pouvait ne pas se souvenir! Si seulement elle pouvait ne pas revivre cette terrible nuit!

Au prix d'un grand effort, elle ouvrit les yeux et reprit peu à peu conscience de l'univers de sa chambre. Elle essayait de distinguer des formes, au lieu de ces ombres mouvantes qui l'emprisonnaient de toutes parts. Les ténèbres, ces ombres terrifiantes, elle le savait, faisaient partie de son rêve; l'obscurité de la chambre était différente. Il suffisait qu'elle garde les yeux ouverts et, au bout de quelques minutes, ils s'étaient accommodés à l'obscurité grâce à un rayon de lumière qui filtrait à travers la fenêtre. Les ténèbres, elles, appartenaient à une nuit passée il y avait longtemps, et à une autre nuit, plus lointaine encore. Ce n'avait été qu'un mauvais rêve. « Dis-le! Dis-le très fort! Si tu peux entendre ta voix, tu sauras que c'est la vérité, tu n'auras pas à revivre cette nuit, ces nuits. Parle! Plus fort! Plus fort! »

— Je n'ai pas peur du noir. Il n'existe que dans mon rêve. Il n'y a pas d'obscurité, seulement quand je rêve. Je n'ai pas peur du noir!

Sa voix résonnait, nue, solitaire et folle. Ce n'était pas sa voix, mais une voix d'enfant, stridente et plaintive. Et elle avait peur, terriblement peur du noir. A nouveau elle en fut submergée. Elle étouffait. Il n'y avait aucune lumière, pas la moindre lueur, seulement de l'ombre que l'ombre dévorait; les ténèbres. Bientôt, elle oscillait au bord d'une grande fosse dans laquelle elle devait tomber. De nombreuses fois elle avait fait l'horrible plongeon, qui n'était qu'une descente vertigineuse dans les profondeurs du passé. Vers d'autres lieux, d'autres temps. Et ça avait toujours commencé ainsi, avec ce réveil brutal, ces mots à ses oreilles, cet écho d'un cri. Puis doucement, le bord de la fosse commençait à s'effriter. Elle se retrouvait à chercher des pieds et des mains une prise dans la terre qui croulait et se désintégrait trop vite. Le cri qui s'était tu si longtemps se faisait entendre à nouveau, un simple filet de voix qui montait de la fosse où elle sombrait. Elle luttait de toutes ses forces afin de s'en sortir, se débattait, comme une bête prise dans des sables mouvants, contre ce sol inconsistant, ces ombres enveloppantes, et l'irrésistible fascination de l'abîme.

Puis tout avait disparu, aussi incroyablement que les autres fois. Il y eut un éclair, une explosion des ténèbres – si l'on peut appeler cela ainsi – qui fit place au néant où elle se dispersa, inextricablement mêlée à ce miroir du vide... Pourtant cela aussi connut une fin, et elle reprit conscience, revit la lumière, assise sur un banc dans le parc, dos au soleil, avec autour d'elle le vert apaisant de l'herbe, le bleu du ciel, et des enfants.

Elle regardait un écureuil décortiquer la noisette qu'elle venait de lui donner. Il n'était pas idiot, l'écureuil. Il tenait fermement la noisette entre ses griffes et la grignotait consciencieusement, s'aidant de ses dents affûtées de rongeur. Mais alors qu'il semblait complètement absorbé par sa tâche, ses yeux rusés ne la perdaient pas de vue et semblaient calculer s'il valait mieux courir cacher la noisette, dans le cas où celle-ci serait la dernière, ou la manger tout de suite et attendre que d'autres lui soient lancées. Cette présence la rassurait; il était vivant, intelligent, amoral, comme elle. L'écureuil avait sa noisette, et elle avait sa vie, tout du moins en cet instant. Tous deux s'accrochaient à leur existence, la dévoraient, également prêts à faire de toute virtualité un accomplissement. Elle rit et l'écureuil prit peur. Coinçant la noisette entre les dents et la joue, il s'enfuit vers l'arbre le plus proche et grimpa sur le tronc à un mètre du sol, puis il se figea, se confondant avec l'écorce, tête penchée, yeux brillants, l'épiant encore. Elle rit de nouveau, pour voir sa réaction, mais cette fois il ne bougea pas. Elle resta immobile et, après quelques minutes d'attente prudente, il revint lentement par un chemin détourné et s'assit devant elle, dressant la tête, réclamant son dû : une autre noisette.

C'était la dernière mais elle la lui donna puis froissa le sac qui les contenait et le laissa tomber à ses pieds. Le vent l'emporta, lui fit descendre follement la pente, puis l'abandonna comme un chat cesse de jouer avec une souris qu'il a mutilée. L'écureuil regarda dédaigneusement rouler la boule de papier et ne fit aucun mouvement dans sa direction. « Il sait que le sac est vide, se dit-elle, que je ne l'aurais pas jeté s'il y restait encore des noisettes. Et il va bientôt me quitter, en quête d'autres noisettes, d'une autre personne avec un autre sac. Et moi? Où dois-je aller à présent, que vais-je faire? »

Elle s'était levée et se dirigeait vers le zoo. Idiot de se comparer à un écureuil, idiot et pathétique. Elle serra le journal qu'elle tenait plié sous son bras. Elle y était mentionnée comme une musicienne qui avait donné un concert, et connu le succès la nuit dernière. La preuve était là – elle serra le journal contre elle – dans les mots de l'article de Jeffry : « ... une authentique performance... Elle nous a dévoilé un univers brillant au son tout à fait inédit. » L'image du vieux Jeffry lui revint à l'esprit, papillota devant ses yeux, supplanta un instant l'éclat du soleil, les arbres, les enfants. Elle vit le vieil homme comme elle l'avait vu la veille au soir, assis de façon peu sûre sur sa chaise dorée, tapant nerveusement de l'embout de son parapluie le parquet ciré. Elle l'entendait grincer : « Splendide! Splendide! » La colère l'envahit, elle ferma les yeux pour chasser l'image du vieux critique mais comme celle-ci persistait, elle déchira le journal, le jeta sur le chemin, le piétina. Elle écrasait les mensonges de Jeffry. Car tout ce que Jeffry avait écrit, ses euphémismes léchés, sa rhétorique, ses allusions n'avaient rien à voir avec la vérité. Elle connaissait la vérité sur cette soirée. Elle n'avait accompli qu'une médiocre performance. Elle n'avait pas été à la hauteur de sa réputation. Elle n'était plus une virtuose.

Mme Tedescu le lui avait révélé de façon franche, lorsque Ellen lui avait posé la question. Ellen était passée à son atelier le matin même comme convenu. Elle venait de la quitter il y avait à peine une heure. La sonnette du grand appartement de madame, situé non loin de l'Hudson, avait résonné gaiement quand elle l'avait fait retentir et avant qu'elle eût renouvelé son geste, madame lui avait ouvert en personne. La vieille femme avait paru encore plus petite dans son antre aux recoins nombreux. Elle ressemblait à une fragile marionnette écrasée sous le poids de ses collections – un gigantesque Léger, un long et fin Dufy, un épais Rouault – et de ses instruments : les deux pianos à queue, le piano droit, le fameux clavecin d'ébène marquetée, supposé avoir appartenu à Mozart. Elles s'étaient assises sur un divan Empire dans la pièce la plus reculée, haute de plafond, semblable à une chapelle dont les nombreuses fenêtres à vitraux donnaient sur les quais où accostaient les transatlantiques et d'où les voyageurs embarquaient pour d'autres ports.

Madame avait commencé par lui poser les questions d'usage sur son état de santé. Elles avaient parlé de leurs amis communs, de leurs expériences; elles avaient échangé les anecdotes du petit monde musical new-yorkais et européen, évoqué les mauvais tours que la guerre avait joués à de paisibles musiciens, les succès du jour et ceux pour qui la musique était un art et la vie même, et que généralement le grand public ignorait. Mais au bout d'un moment, une pause anodine se mua en un pesant silence.

Madame l'observait comme du temps où Ellen avait été son élève. Ses yeux gris, calmes, bienveillants, la sondaient et ne se laissaient pas détourner de leur but.

– Maintenant, parlez-moi de vous, Ellen.

Ellen avait tourné son visage vers la fenêtre et contemplait le reflet lumineux des vagues jusqu'à s'en aveugler. Lorsque son attention revint sur sa vieille amie, elle vit un sourire indistinct errer sur un visage brouillé.

– J'ai travaillé sans relâche, dit-elle en baissant les yeux sur ses mains nerveuses. Ma technique est bonne.

J'obtiens ce que je désire de mon toucher. Quand je lis une partition, j'entends quelle doit être son exécution, comme par le passé. Je n'ai pas à me plaindre.

Madame hocha la tête, son regard soutenait le sien; elle ne semblait pas partager ce jugement.

— Je vous ai entendue hier soir. Je sais que vous avez retrouvé votre technique. Mais ce n'est pas ce que je voulais entendre.

Elle hésita, comme cherchant ses mots, puis s'humecta les lèvres et reprit :

— Ellen, il y a autre chose que la musique dans votre vie. Il y a Basil. Il y a vos autres occupations, parlez-m'en.

— Basil va très bien. Sa nouvelle série de concerts est un succès. Vous avez dû en lire les critiques dans les journaux. La carrière de Basil est assurée.

Cette fois, la vieille dame eut un hochement de tête bref et impatient.

— Je ne vous parle pas de la carrière de Basil ou de la vôtre. Je sais tout ce que je désire savoir de vos deux carrières. Je veux entendre parler de vous. De vous et de Basil.

Que pouvait-elle lui répondre alors qu'elle en savait si peu elle-même! Sinon que Basil était un époux irréprochable, prévenant, attentif, distrait par moments et moins sensible à elle qu'à ses propres intérêts. La lettre dans la console, la poudre éparpillée dans le tiroir, la fille qu'elle avait aperçue en train de quitter leur domicile par un soir ensoleillé; elle pouvait aussi parler de ces choses. Mais que signifiaient-elles? De simples impressions, des soupçons, rien de certain. Elle aurait pu parler de cet été à Catskills, des lentes et paisibles journées et des longues nuits d'extase. Et elle aurait pu aussi lui parler des deux absences de Basil durant l'été, quand, rappelé en ville pour affaire, il avait paru embarrassé par son désir de l'accompagner et l'en avait dissuadée. Elle n'avait pas insisté; il était parti seul, et était resté absent plusieurs nuits sans compter les deux semaines de concert. La nuit dernière? Pouvait-elle raconter à madame la vraie raison pour laquelle elle avait connu cette absence au point d'interpréter une ballade folklorique au lieu de l'aria de Bach? Que dirait madame si elle lui décrivait la beauté de la fille rousse, si elle lui disait qu'elle avait vu Basil l'embrasser? C'était absurde d'y penser. Elle ne pouvait rien lui révéler de ces choses, au lieu de quoi elle lui dit, un peu trop énergiquement, que Basil était très gentil.

Madame hocha la tête à nouveau.

— Les maris peuvent être gentils, Ellen. Et ils peuvent aussi être cruels. Peu importe, ce qui compte c'est de savoir s'il vous rend heureuse. C'est ce que je voudrais savoir.

Finalement, Ellen cessa de se dérober; elle avoua :

— Non, je ne suis pas heureuse avec lui.

— Pour quelle raison?

Madame était implacable. Elle restait là, les mains jointes, le sourire patient, aimable et déterminé.

— Il n'est plus le même depuis... depuis que je suis revenue. Oh! Il fait tout ce qu'il faut. Et il se montre très prévenant. Pendant un temps, l'été dernier, nous avons été heureux. Nous faisions partie l'un de l'autre, c'était merveilleux. Puis il s'est passé quelque chose.

— Pouvez-vous m'en parler?

Elle eut un signe de dénégation.

— Il n'y a rien que je puisse vous dire. Basil semble s'éloigner, se séparer de moi. Comme s'il ne faisait que me tolérer et ne voulait pas que je l'approche.

— Lui en avez-vous parlé?

— Non. Je sais que ce n'est peut-être qu'un effet de mon imagination. J'imagine trop de choses, vous savez. Dans le passé, j'ai souvent cru qu'il m'arrivait certaines choses, alors qu'il n'en était rien. J'ai appris à ne plus parler de mes peurs, à les garder pour moi.

Madame s'approcha d'elle, prit sa main, l'étreignit.

— Il faut lui en parler, Ellen. Je suis persuadée qu'il le faut. Si vous ne le faites pas, cette peur ira grandissante et détruira votre vie commune. Si quelque chose ne va pas, parler ne fera aucun mal, ça ne pourra faire que du bien, parlez-en franchement, discutez-en tous les deux. Et s'il n'y a rien, si vous vous imaginez simplement qu'il ne vous aime plus, vous saurez que vous vous êtes trompée. Il connaîtra vos craintes et vous aidera à les surmonter. Mais s'il les ignore...

Madame se leva, s'approcha du clavecin d'ébène, sortit une partition de Bach sous le siège du tabouret, l'ouvrit à la première page et la plaça sur le porte-musique. Sa main caressa l'ébène, s'y attarda légèrement, puis fit jouer le loquet afin de soulever le couvercle et les deux claviers apparurent.

— Je me souviens que vous aimiez beaucoup cette aria, Ellen.

Elle soupira doucement.

— Que Bach l'ait également aimée, c'est évident par toutes les variations qu'il en a écrites. Et un roi célèbre, chaque nuit pour s'endormir, le faisait jouer par le musicien de sa cour!

Souriante, elle marqua une pause, méditant ces mœurs royales. Puis elle demanda timidement :

— Voulez-vous la jouer pour moi, Ellen?

Si jamais elle devait la jouer de façon parfaite, le moment était venu, se dit-elle en s'installant devant le vieil instrument, dans cette pièce familière où elle avait

187

si souvent répété. Il n'y avait plus de contrainte; elle se sentait en paix et sûre d'elle. Nul besoin de lire la partition. Elle en connaissait chaque note. Inutile que l'auditoire fasse silence. Elle n'avait pas davantage à le saluer en retour de la scène. Inutile aussi de se présenter dans le rôle d'une célébrité. Si elle le désirait, elle pouvait rester là pour toujours; c'était sa place, son heure. Sous de tels auspices, l'aria d'Anna Magdalena prenait forme en elle. Dans sa mémoire, les notes cristallines étaient toutes là, parfaitement distinctes, les trilles aussi impeccables et nets que les détails d'une dentelle. Le rythme en était soutenu, la cadence précise. Ellen s'inclina en avant, décrispa ses doigts, puis les arqua en position d'attaque. Les touches cédaient en souplesse. Elle avait commencé. Et c'était bien. Le mouvement, le flot de la musique dérivait de ses doigts; le flux et le reflux de la mélodie étaient son souffle. La musique vivait en elle. Ses mains étaient aussi unies aux accords que ses pieds aux pédales qu'ils actionnaient. Aucun partage, aucune discontinuité; ce monde qu'elle créait ne pouvait être divisé ni rompu; il était unique, puissant, entier. Ellen était l'essence du temps, l'impulsion qui entraînait la course des notes; elle se trouvait au centre exact, obscur de chaque note aussi bien qu'à ses limites, assourdies, résonnantes, où le son épouse le son pour donner naissance à une nouvelle harmonie.

Le passé était révolu et ne l'influait plus en rien, le futur n'avait pas encore commencé. Seul restait un éternel présent, irrévocable, irréfutable, doté d'une force et d'une réalité autonomes. Par le son qui émanait d'elle, Ellen était unique tout comme il était unique; sans lui, Ellen cessait d'exister, de même qu'il n'était rien sans elle. Ce pouvoir de créer la musique reposait sur sa lecture de signes noirs, sur la dextérité de ses doigts, sa faculté d'en sentir le rythme, la tonalité. Mais en contrepartie Ellen dépendait de la musique, sans laquelle elle ne savait pas qui elle était. Hors de sa sphère, elle était un paquet de sensations incohérentes, une peur ambulante, un appétit, une créature sans loi. Quand elle faisait corps avec le son, elle comprenait, sa vie avait une signification, un ordre et une morale. C'était là sa fin, elle en était l'instrument.

Elle joua la dernière cadence à contrecœur, éleva ses mains au-dessus des claviers sans les retirer, comme pour leur permettre de continuer si elles le voulaient. Elle était prête à exécuter la première variation, et la seconde, puis la troisième jusqu'à la trente-deuxième et dernière. Mais Ellen n'en avait plus le désir. Ses mains retombèrent sur les genoux et, en baissant les yeux sur elles, elle s'amusa de ses craintes de la nuit précédente, à nouveau sûre d'elle-même. Elle ne se serait pas retournée vers madame Tedescu pour lui demander : « Ai-je bien joué? » si la courtoisie ne l'y avait obligée.

Le visage de madame était impassible. Elle semblait ne pas avoir envie de parler. Mais elle parla. Vivement, comme un chirurgien donne ses ordres au moment critique d'une opération, elle répondit :

— Vous avez joué correctement, Ellen. Ainsi que vous l'avez dit, vous avez l'entière maîtrise de votre technique. Et en vous écoutant, j'ai eu l'impression que vous compreniez la musique comme un critique comprend un tableau. Mais un critique n'est pas un peintre, un critique n'est pas un musicien. Ce que vous avez joué, Ellen, ce n'était pas Bach...

Elle se tut. Mais son regard poursuivait. Ses yeux lui disaient : « Vous et moi savons qu'il y eut un temps où vous pouviez... »

Ellen aurait voulu discuter. La nuit dernière... Oui,

l'interprétation de la veille avait été mauvaise. Elle était la première à le reconnaître. Mais aujourd'hui, non; aujourd'hui, elle avait bien joué. Elle avait entendu Bach en elle, et elle l'avait joué comme elle l'avait entendu. Impossible d'en douter. Il ne pouvait en être autrement!

Mais, tandis qu'elle se disait cela et cherchait à se persuader que madame se trompait, elle savait que madame avait raison. Elle avait échoué, comme tant de fois auparavant, mais cet échec était définitif. Car, cette fois, elle n'avait pas senti qu'elle faisait fausse route. Elle avait cru bien jouer. Ce n'est qu'à travers madame, après coup, qu'elle comprit.

Madame s'approcha, se tint devant le clavier. Elle referma soigneusement le couvercle et tourna la clef dans la serrure.

— Nombreux sont ceux qui ne font pas aussi bien, fit-elle. Et ils sont célèbres, riches... reconnus.

C'était vrai. Elle ne pouvait pas même affirmer que sa carrière était terminée. Jeffry avait fait une bonne critique, Mme Smythe l'avait félicitée, son succès était assuré. Elle pouvait continuer, en jouant correctement, à remplir les salles et rester une célébrité. Seuls quelques-uns feraient la différence. Mais elle n'irait pas jusque-là.

— Madame, je ne comprends pas. J'ai eu l'impression que c'était bon.

Elle avait levé les yeux vers sa vieille amie, pleine d'espoir, attendu qu'elle dît quelque chose de plus qui l'aurait encouragée. « Dites-moi de m'exercer vingt-quatre heures par jour et je le ferai, pensait-elle. Dites-moi d'apprendre par cœur tout Couperin, de revenir à l'étude du doigté, de jouer Czerny. N'importe quoi, si ça me laisse une chance de regagner ce que j'ai perdu... et je le ferai. »

Mais madame avait seulement souri en hochant la tête et n'avait rien ajouté. Elles avaient parlé d'autres choses, de choses sans importance pendant encore un quart d'heure. Puis Ellen était partie. Elle était partie, et était entrée dans le parc, avait acheté des noisettes et s'était assise sur un banc, avait donné à manger à l'écureuil jusqu'à la dernière noisette, et maintenant elle marchait... marchait... marchait.

Elle n'était plus seule. Elle marchait entourée de nombreuses personnes. Des femmes surtout et des enfants, une foule bruyante, pleine d'appels, de cris, de questions enfantines, de ballons, de boîtes vides, de biscuits piétinés. Elle s'arrêta, regarda autour d'elle, découvrant ces gens. C'était le zoo et elle obstruait l'allée des poneys, provoquant un attroupement d'enfants impatients de monter dans la carriole. Une grosse mère rougeaude, tenue à terre par ses deux moutards tel un ballon de chair, lui lança :

– Pourquoi ne bougez-vous pas? Vous êtes trop vieille pour monter, vous ne faites que gêner le passage.

Embarrassée, elle s'écarta, passa devant l'homme aux bouteilles d'hélium qui vendait des ballons, puis devant les phoques dans leur piscine, et remonta la pente qui menait à la fosse aux ours. Elle ne savait pas où elle allait et s'en fichait, du moment que ce fût un endroit où il y avait moins de monde. Quand elle se retrouva sur le promontoire rocheux qui surplombait la tanière des ours, elle décida de s'arrêter un moment et de suivre leur comportement comme elle avait suivi celui de l'écureuil.

Ils étaient deux sous le chaud soleil d'octobre, deux lourds ours bruns qui avançaient, maladroits, tels des jouets mécaniques, devant leur grotte. Elle remarqua que chaque fois qu'ils arrivaient devant la falaise blanche, une des parois de leur enclos au-dessus de laquelle elle se trouvait, ils levaient la tête; parfois ils s'asseyaient sur leurs arrière-trains et la flairaient. Puis invariablement ils reprenaient leur promenade, refaisant le tour complet de leur fosse avant de marquer une nouvelle halte.

La force brute de ces corps énormes, massifs, la fascinait autant que leurs gestes. Chaque fois qu'ils venaient vers elle, le poids de leurs pas, le martèlement de leurs pattes ébranlaient le rocher d'où elle les observait, et la faisait trembler. Ils allaient et venaient devant la grotte, toujours ensemble, l'ours le plus gros, le plus foncé devançant légèrement le plus petit. Chaque mouvement de l'un était exactement en accord avec celui de l'autre, sauf en un endroit précis où le premier prenait au plus court, quand il s'agissait de tourner, alors que son compagnon prenait au plus large. Ils ne donnaient pas l'impression de se fatiguer, ne modifiaient pas leur parcours, ni aucun de leurs mouvements. Dès qu'ils arrivaient sous elle, ils levaient la tête, la flairaient, s'asseyaient. Elle en éprouvait un étrange plaisir.

L'écureuil s'était montré intelligent, prudent, à l'affût et sage à la manière des hommes; les ours étaient comme conditionnés, puissants mais dépourvus d'intelligence. Des automates. Pourtant ils l'émouvaient plus que l'écureuil n'aurait pu le faire; elle le ressentait assez fortement pour tourner le dos à la fosse et à ses deux pensionnaires − bien qu'elle fût incapable de s'expliquer cette réaction − et porter son regard sur la ville et les immeubles qui se dressaient en bordure du parc.

Elle avait la sensation d'être détachée de sa vie. Depuis sa conversation avec Mme Tedescu, elle existait coupée de tous ses désirs et de ses activités antérieures; seule et sans but. Même les ours qui continuaient à cheminer lourdement dans leur fosse étaient à l'abri.

Leur enclos définissait leurs vies, les condamnait à surveiller les parois infranchissables de la fosse, à lever les yeux sur la falaise, à les abaisser sur les barreaux pointus et sur lesquels ils s'empaleraient s'ils sautaient. Elle, par contre, n'était pas en cage, elle était libre. Du moins en avait-elle l'impression.

Basil l'aimait. Basil ne l'aimait plus. Il lui était infidèle avec la jolie fille qu'il avait embrassée la nuit dernière, ou il ne la trompait pas. De toute façon, à présent, ça n'avait plus d'importance.

De sombres nuages, annonçant l'orage, s'amoncelaient derrière les hauts immeubles, qui se détachaient violemment contre leur masse grise. Dans quelques minutes, les nuages seraient au-dessus du parc et il commencerait à pleuvoir. Elle savait qu'elle devrait se diriger vers la sortie la plus proche si elle voulait éviter d'être trempée. L'air qui avait été chaud et humide s'était rafraîchi tandis qu'elle contemplait le ciel. Le vent s'était levé et soufflait en rafales et, tout autour d'elle, des feuilles aux éclatantes couleurs rouge et jaune tourbillonnaient.

Elle ne bougeait pas. Un calme étrange l'avait envahie depuis qu'elle avait découvert que plus rien ne comptait à ses yeux. En elle, une tension s'était relâchée, les rouages d'une mystérieuse mécanique avaient cessé de tourner et, maintenant, elle flottait à la surface des circonstances qui avaient noyé ses désirs, et l'y laissaient telle une écume. Lentement, avec langueur, elle ramena son regard vers la fosse aux ours. Les deux monstres bruns, de leurs pas lourds et cadencés, revenaient comme s'ils voulaient la rejoindre. Le plus gros avait toujours un pas d'avance sur son compagnon. Et tandis qu'elle les regardait, fascinée, elle comprit où se trouvait exactement la ressemblance entre elle et eux. Mais avant qu'elle n'en tire une leçon, avant que les ours n'atteignent le pied de la falaise, la musique qu'elle n'avait plus entendue depuis des mois se fit entendre derrière elle. Un son étrange, un fredonnement intermittent, monotone que jamais elle n'aurait su imiter. Une suite d'accords qui toujours semblaient sur le point de conclure. Cette musique était la plus diabolique qu'elle eût jamais entendue. Une fois perçue, elle ne pouvait lui échapper – Ellen n'avait aucun pouvoir sur elle, elle ne pouvait que la subir jusqu'à ce que la musique retombe d'elle-même dans le silence. Son maléfice ne résidait pas seulement dans le son ou la terreur qu'elle communiquait, mais dans le fait qu'elle annonçait la venue de quelqu'un. « J'ai encore le temps, se dit-elle, d'escalader ces grilles et de me jeter dans la fosse. » Alors même qu'elle y songeait, le bourdonnement s'accentua et elle sentit une main s'appesantir sur son épaule. Inutile de se retourner. Elle avait regardé et l'avait vue trop de fois déjà, mais elle se retourna et aperçut la main, les longs doigts blancs spatulés, la bague avec sa pierre de couleur sombre qui lui dévoilait la nuit, les vertigineuses ténèbres, le vide de l'abîme.

– Ils nous ressemblent un peu, n'est-ce pas, Ellen? fit la voix douce. Les ours, bien sûr. Regarde comme le vieux (n'est-il pas énorme et puissant!) est toujours le guide. Le voilà qui s'assied, bientôt son compagnon en fera de même. Regarde. Qu'est-ce que je t'ai dit? Le deuxième fait exactement ce que fait le premier! Exactement comme toi et moi, Ellen.

C'était Nelle. Ellen ne voulait pas la regarder. Elle avait espéré ne plus jamais la revoir. Le matin où elle était retournée dans la clinique du Dr Danzer, pour sa dernière séance, elle avait fait ses adieux à Nelle, lui avait dit qu'elle l'ignorerait si elle réapparaissait.

Et elle s'était imaginée que Nelle avait fini par comprendre! La dernière fois qu'elle l'avait vue, Ellen était allongée sur le divan. Le Dr Danzer, lui tenait la main ; il lui expliquait qu'il n'y avait aucune raison d'avoir peur, que tout cesserait comme par enchantement, que ce n'était qu'un choc et rien d'autre, un choc électrique qui allait traverser ses lobes cérébraux afin, en quelque sorte, de rétablir l'équilibre, de remettre les choses à leurs places, toutes choses, petites et grandes. Il y eut cet instant où elle sentit le froid des électrodes quand on les posa sur ses tempes, puis elle fut en proie à une peur intense, en dépit de la main chaude et forte du médecin. C'est alors, jamais aussi faiblement, qu'elle entendit le fredonnement, qu'elle remarqua vaguement les longs doigts spatulés et l'horrible bague noire, qu'elle sentit la présence de Nelle, discrète comme à chaque fois qu'Ellen avait un problème ; et elle sut que, même après le traitement, Nelle ne la lâcherait pas. Cette impression fut éphémère. Un courant la traversa ; un enfer blanc la brûla, la fit tressauter, l'aveugla. Des heures plus tard, après avoir repris conscience, elle découvrit que Nelle avait disparu. Et elle n'était jamais revenue depuis.

« Le mieux serait de l'affronter, pensait-elle, de se retourner et de la regarder dans les yeux, de lui montrer qu'elle ne peut plus m'en imposer, que je refuse de me soumettre. » Doucement, elle s'était retournée et avait regardé Nelle en face. Nelle n'avait pas changé. Nelle était toujours sa jumelle ; son reflet dans le miroir. Non pas qu'elles fussent semblables ; elles étaient trop différentes : Nelle était mauvaise, absolument mauvaise. Oh ! elle pouvait être gentille, elle savait charmer. Il n'y avait qu'à la regarder sourire, voir son regard ardent, ses longs doigts se poser légèrement, presque gaiement, sur ceux d'Ellen. Mais cet état ne durerait pas. Dès qu'elle serait sûre qu'Ellen se montrerait prête à la suivre, à faire ce qu'elle lui dirait, son visage se transformerait. Ses lèvres souriantes s'étireraient comme celles d'une sorcière. Ses yeux se mettraient à lancer des éclairs de méchanceté. Ses longs doigts se courberaient en serres, et sa souple chevelure brune deviendrait sèche, broussailleuse et terne. Ellen serait alors obligée de la surveiller constamment, de ne pas la perdre de vue un seul instant, et aurait à la combattre lorsqu'elle la tenterait de faire le mal.

Nelle ne devait pas rester. Elle le lui interdirait. Même si elle désirait savoir où elle était passée et ce qu'elle avait fait pendant tout ce temps, Ellen ne voulait s'engager dans aucune conversation. Immédiatement, sans s'attarder une minute de plus, elle devait faire les deux choses recommandées par le Dr Danzer en pareilles circonstances. Oui, Ellen devait d'abord dire à Nelle ce que le médecin lui avait dit de lui rapporter, et ensuite elle devait se rendre immédiatement chez le médecin. A n'importe quelle heure du jour ou de la nuit, avec ou sans rendez-vous, elle devait immédiatement se rendre chez le médecin. S'il ne se trouvait pas dans son cabinet, elle devait demander à son assistante de le joindre au plus vite, de la conduire (peu importe qui répondait à son appel) à lui, ou à l'hôpital le plus proche. Elle devait dire que c'était une question de vie ou de mort. Mais d'abord, avant de se rendre chez le médecin, elle devait suivre la première recommandation.

Nelle était toujours souriante. Quand elle souriait, elle était belle comme Ellen avait toujours désiré l'être. La première fois que Nelle lui était apparue (le Dr Danzer lui avait expliqué qu'il y avait eu d'autres occasions certainement, plus lointaines, dont peut-être elle ne se souvenait pas), elle était en train de se regarder dans le miroir fêlé au-dessus du chiffonnier de la chambre de son père. Elle avait quitté le magasin cet après-midi-là pour se rendre avec d'autres filles à une représentation et, lorsqu'elle était rentrée chez elle, son père l'avait privée de dîner et l'avait envoyée dans sa chambre en lui ordonnant de ne pas en sortir. Ça signifiait qu'il monterait après le dîner, lui ferait baisser sa culotte et qu'il la battrait à coups de ceinture jusqu'à ce qu'elle ne puisse plus s'asseoir ni même s'allonger sans souffrir (elle revoyait la longue lanière, semblable à un serpent, et le visage de son père, montrant les dents, grimaçant, le regard incendiaire). Elle l'avait haï. Elle eût aimé le tuer. Mais elle n'avait pas le choix. Elle était donc montée, s'était enfermée, solitaire et affamée, dans la grande chambre au lit d'acajou, qui contenait un tableau de Blake : *Jehovah en lutte avec Satan et Adam,* et le grand chiffonnier au miroir fêlé.

Impossible de dormir; elle avait fini par se lasser de regarder par la fenêtre, elle s'était donc approchée du miroir, l'avait contemplé en essayant d'imaginer le visage qui serait le sien si elle était belle. C'était la première fois aussi qu'elle avait entendu le fredonnement de la drôle de musique. Pourtant ce jour-là elle n'avait pas été effrayée parce qu'elle ne savait pas ce que cette musique signifiait. Elle avait entendu les accords brisés, senti la main sur son épaule et vu le beau visage de Nelle dans le miroir, proche du sien. Elle avait cru que c'était son image, que c'était elle qui chantonnait. Mais, tandis que la clef tournait dans la serrure, elle comprit, prise de panique, que ce n'était pas son reflet qu'il y avait dans le miroir mais une autre image, entièrement différente, en entendant la voix de Nelle murmurer à son oreille :

– Je suis ton amie, Ellen. Tu peux m'appeler Nelle, si tu veux. Je suis là pour t'aider. Je sais comment empêcher ton père de te battre, mais il faut faire vite! Prends ton rouge à lèvres. Oui ton rouge à lèvres! Oui je sais qu'il n'aime pas ça, tu es toujours obligée de l'essuyer avant de te présenter à lui. Mais vite, fais ce que je te dis avant qu'il n'entre. Je t'expliquerai plus tard. C'est ça. Étale-le sur ta bouche, qu'elle soit rouge, rouge et belle comme la mienne. Ah! très bien. Maintenant, souris. Il vient d'entrer, il est derrière toi. Souris, souris, l'air provocant, l'œil mi-clos. Maintenant retourne-toi et passe tes bras autour de son cou. C'est ça! Serre-le contre toi plus fort, plus fort. Maintenant embrasse-le. Non! pas comme ça! Sur la bouche. Sa bouche! Ah! c'est mieux!

Son père l'avait brutalement écartée, l'avait regardée fixement et giflée d'un revers de la main. « Petite garce », avait-il murmuré. Il l'avait saisie, jetée sur le lit et fouettée plus fort que jamais. Et Nelle, qui était restée là, riait.

Bon. Cette fois elle allait s'y prendre autrement. Elle ne l'écouterait pas. Elle allait faire exactement ce que le Dr Danzer lui avait dit. Bien qu'il fût difficile de la regarder sereinement. Son visage était si beau. Si semblable au sien et si différent. Tout ce qu'elle pouvait faire, c'était répéter ces paroles :

— Nelle, vous n'existez pas. Vous n'avez pas de vie propre. Vous ne pouvez pas m'obliger à faire ce que je ne veux pas.

Ce qu'elle fit d'une voix forte et claire.

Nelle ne disparut pas comme le Dr Danzer l'avait prédit. Elle ne fit que sourire plus ironiquement.

— Mais n'as-tu pas toujours voulu faire ce que je te disais, Ellen? Et comment peux-tu douter de mon existence quand toi, en personne, me vois? Ce n'est pas comme si le Dr Danzer m'avait vue. Évidemment il ne croit pas à mon existence, je ne suis pas assez folle pour me montrer à lui.

— Je ne vous crois pas! fit Ellen, et une goutte de pluie tomba sur sa joue.

Il faisait de plus en plus sombre et bientôt ce fut la nuit en plein jour. Dans quelques minutes l'orage éclaterait. La seule chose à faire était de courir. Si elle courait assez vite, elle pourrait échapper à l'orage et à Nelle. Mais il ne fallait pas lui laisser deviner son intention, il fallait partir au plus vite.

Sans savoir où elle allait, elle se retourna et se mit à courir. Un homme et un petit garçon avançaient sur le chemin, venant du bassin aux phoques et elle les bouscula. L'homme tendit les mains vers elle, essayant de l'arrêter, puis l'insulta, furieux. Mais elle courait à grandes foulées à présent, ses jambes forçaient l'ourlet de sa jupe. La pluie s'était mise à tomber. De larges rigoles se formaient sur le chemin lorsqu'elle passa devant les phoques. Elle s'engagea dans la direction du marchand de ballons et de l'allée des poneys. Nelle était-elle derrière elle? Si elle se retournait, la verrait-elle la poursuivre, la rattraper? Pas de temps à perdre; il fallait courir plus vite. Elle était déjà à bout de souffle et il restait encore une long trajet avant d'atteindre la sortie du parc. Il pleuvait fort maintenant, et elle sentait l'humidité se répandre sur son dos, l'eau lui gifler le visage. Ses jambes commençaient à lui faire mal et sa respiration devenait douloureuse; mais il fallait aller plus vite encore si elle voulait être sûre de distancer Nelle.

Dans une minute ou deux, trois ou quatre au plus, elle atteindrait la sortie. Une tache jaune attira son regard : un taxi. Il ralentissait au feu de croisement. Si elle pouvait y monter avant le passage au vert et refermer la portière, elle dirait au chauffeur de démarrer, sans Nelle. Mais, en dépit de ses efforts, elle se sentait incapable d'avancer plus vite. C'était comme de vouloir courir avec deux balanciers en guise de jambes, à chaque pas elle avait l'impression d'avoir un boulet fixé à la cheville. Mais elle y était presque. Encore une enjambée...

Elle s'engouffra dans le taxi, claqua la portière. Prenant à peine le temps de regarder le chauffeur, et de voir le feu changer de couleur, elle lança :

— Démarrez dès que possible!

Il lui jeta un coup d'œil, hocha la tête et embraya. La voiture se lança en avant, se retrouva à une bonne distance du feu avant même que la voiture arrêtée à leur côté eût seulement bougé.

— Foncez, dit-elle. Je vais vous donner l'adresse.

Elle avait réussi. Mais elle n'avait pas encore repris son souffle. Elle s'adossa au siège, se tint à la poignée et regarda par la vitre. Les immeubles défilaient. Ils passaient les 59e, 58e, 57e, 56e rues. La voiture s'arrêterait au prochain feu rouge, mais elle était sauvée. Elle ouvrit son sac et voulut y chercher l'adresse du Dr Danzer.

— Qu'est-ce que tu cherches? Puis-je t'aider?

La douce voix de Nelle lui fit faire un faux mouvement. Elle laissa tomber son sac qui alla rouler sous le siège. Ellen eut l'impression de recevoir un coup de poing dans l'estomac.

Nelle était assise à l'autre extrémité de la banquette. Toujours souriante, elle ne paraissait pas essoufflée, son visage n'était pas empourpré et sa coiffure était impeccable.

— Tu ne pensais tout de même pas pouvoir me semer, Ellen? Tu sais que je peux toujours courir plus vite que toi. Mais dis-moi, où allons-nous? Voir Basil?

Ellen ne répondit pas et se baissa pour ramasser son sac. A l'instant où elle allait le saisir, le chauffeur fit un écart pour changer de file et elle perdit à nouveau l'équilibre. Accrochée à la poignée, elle se pencha à nouveau, mais le sac n'était plus là. Nelle l'avait balancé dans l'autre coin.

— Pourquoi tu ne me réponds pas, Ellen?

Nelle avait posé son pied sur le sac ouvert.

— Je ne te le rendrai pas avant que tu m'aies répondu. Où allons-nous?

Ellen n'avait aucune raison de lui cacher la vérité. Et il y avait une forte chance pour que Nelle disparût en apprenant qu'elle allait voir le Dr Danzer. A la clinique, lorsqu'elle avait subi ses séances d'électrochocs, Nelle ne l'avait jamais accompagnée. Souvent elle l'avait retrouvée en reprenant conscience, mais elle n'était jamais présente durant les séances.

Elle décida de le lui dire.

— Je vais voir le Dr Danzer, il m'a dit de venir le trouver immédiatement si jamais vous reveniez.

Le visage de Nelle se métamorphosa horriblement. Son sourire se mua en ricanement, ses yeux brillèrent de fureur, et son teint s'empourpra de rage. Elle lança à Ellen un regard chargé de haine, puis se pencha et ramassa le sac, qu'elle commença à fouiller.

Ellen ne put le supporter. Elle se jeta en travers de la banquette sur son ennemie et frappa à l'aveuglette le visage, les mains, essayant de lui arracher son bien. Bien qu'Ellen réussît à mettre la main dessus, Nelle se révéla plus forte et lui opposa la résistance d'un mur de briques contre lequel Ellen se cognait la tête, s'écrasait. Dans la bagarre le sac s'ouvrit et la carte du Dr Danzer s'en échappa. Toutes deux se précipitèrent et réussirent à la toucher. Mais avant que l'une ou l'autre pût l'attraper, une soudaine rafale de vent s'engouffra par la fenêtre, fit voltiger la carte, tel un papillon de nuit attiré par une flamme, puis le courant d'air l'entraîna dans le trafic de la rue. Aussitôt Nelle se détendit sous le poids d'Ellen. Le sourire revint sur ses lèvres, son expression se fit doucereuse.

— Tu ne voulais pas vraiment aller voir ce docteur, Ellen? roucoula-t-elle.

Des larmes de dépit et de rage embuèrent ses yeux et elle retourna dans son coin, abattue et exaspérée. Le taxi s'était arrêté à un feu et elle aperçut le regard très inquiet du chauffeur dans le rétroviseur.

— Tout va bien, madame?

Et comme Ellen ne lui répondit pas :

— Vous êtes sûre que tout va bien, madame. Vous n'êtes pas malade ou quelque chose.

Nelle lui fit signe de répondre, de dire n'importe quoi.

— Tout va bien, merci, dit-elle. Seulement un peu fatiguée.

— J'ai entendu du bruit derrière, fit le chauffeur en se retournant et en jetant un coup d'œil dans le coin de Nelle.

— Je vous ai entendu parler comme si quelqu'un était avec vous. Vous savez où nous allons?

— Je crois que nous allons rentrer à la maison, répondit doucement Nelle avant qu'Ellen ait pu parler. Nous sommes un peu fatiguées et trempées.

Et elle donna l'adresse d'Ellen au chauffeur.

— Je ne comprends pas pourquoi tu veux voir ce fou de docteur, se plaignit-elle. Il n'est pas ton ami, comme moi je le suis. Il veut tout bonnement te faire retourner à la clinique et suivre une autre série de séances. Je préfère voir Basil. J'ai toujours aimé Basil. Je le trouve bel homme, tu sais, et je ne l'ai pas vu depuis si longtemps!

Ellen ne lui répondit pas. Elle restait tranquille dans son coin, soutenant de ses deux mains sa tête douloureuse, les yeux clos. Si elle gardait le silence, si elle ne disait rien, peut-être que Nelle se lasserait et s'en irait. Mais si Nelle n'avait pas envie de partir, Ellen savait de longue date que rien ne pourrait la faire bouger. Elle se sentait malade, anéantie, en proie à la peur, seule...

Nelle continuait de discourir, calmement mais avec une véhémence étudiée :

— Le Dr Danzer ne nous a jamais comprises. En dépit de ses grands airs et de ses idées farfelues, il ne t'a pas aidée. Tu es exactement semblable à ce que tu as toujours été, Ellen : une stupide, petite moins que rien, qui a peur de son ombre dès que je ne suis pas là! Mais je suis toujours là quand tu as besoin de moi, que tu le veuilles ou non. Que tu préfères l'ignorer ou pas. J'étais là quand tu étais petite fille et que ton père te fouettait. Si je n'avais pas été là, jamais tu ne lui aurais tenu tête. Jamais tu n'aurais osé sortir seule ou avec tes amies, jamais il ne t'aurait laissée aller au conservatoire. Et j'étais là aussi cette nuit où tu marchais seule dans les rues et où les hommes se moquaient de toi, puis quand tu es montée dans ta chambre d'hôtel, à attendre le retour de Jim, humble et soumise, prête à lui pardonner si seulement il revenait! Si je n'avais pas été là, tu lui aurais accordé ton pardon, n'est-ce pas? Et quels remerciements ai-je reçus? Tu ne te rappelles même plus tout ce que jai fait pour toi, tu laisses ce docteur avec son charabia de psychiatre te persuader que ça n'a jamais existé, tu le laisses te convaincre que je n'ai pas essayé de tuer Jim cette nuit-là, que tout ce qu'il en reste, c'est un sentiment de culpabilité à l'égard de ton père!

Ellen s'écarta de Nelle, de ses paroles diaboliques pour regarder par la vitre le défilé des façades aux pierres brunes, les immeubles, les arcades de la 3e avenue. Elle réussissait presque à ne pas entendre ses insinuations, terribles mensonges ou vérités par lesquels Nelle la tourmentait. Mais son indifférence ne la décourageait pas; Nelle poursuivait sa litanie de reproches, de sarcasmes, de prétentions.

— Que s'est-il passé quand tu as parlé de moi au Dr Danzer? Dis-moi, que s'est-il passé? minaudait-elle.

Comme Ellen refusait de parler, elle donna elle-même la réponse :

— Il t'a dit que je n'étais qu'une invention de ton imagination, c'est ça? Il t'a dit que tu avais perdu contact avec la réalité. Quelle rengaine! Quand tu as jugé la vie trop intolérable, trop injuste, tu m'as inventée pour te tenir compagnie. Tu y crois, Ellen? Tu crois que tu m'as inventée? Alors que je t'ai révélée à toi-même, moi qui suis ta meilleure part. Tu ne peux pas vivre sans moi, Ellen, et tu le sais.

» Que t'a-t-il dit encore ce docteur? Ah oui, la chose la plus drôle de toutes! Tu te souviens comme nous en avons ri à l'époque, Ellen? Il t'a dit que la meilleure preuve de ma non-existence — comme si tu pouvais prouver que je n'existe pas, moi qui suis plus réelle que toi — c'était mon nom, parce qu'il n'est que l'envers du tien! Tu te rappelles comme nous avons ri à nous rouler par terre quand il t'a dit ça? Et tu te souviens de ton dernier concert, avant de rentrer en clinique, ce concert qui te faisait si peur et où tes doigts ne t'obéissaient plus, quand j'ai dû jouer à ta place, quand nous avons échangé nos rôles et que tu es restée près de moi? Qu'aurais-tu fait sans moi? Tu serais restée assise devant ton instrument, dans cette salle pleine de gens venus pour t'écouter, et ils t'auraient vue incapable de lever le petit doigt. Tout ça parce que tu ne pouvais pas entendre la musique dans ta tête? Oui, c'est ce qui se serait passé. Ah! je te connais!

Si je n'avais pas pris ta place... Si je n'avais pas joué pour toi!

Ellen la laissait délirer. Ce qu'elle disait était en partie vrai, mais subtilement elle déformait l'essentiel. Lors de son dernier concert, avant qu'elle ne tombe malade et que Basil ne la conduise chez le Dr Danzer, elle avait oublié ce qu'elle devait jouer, elle avait été incapable d'entendre les notes résonner en elle comme de coutume. Mais elle avait joué. Elle, et personne d'autre. C'était tout ce qu'elle savait; et elle le soutiendrait envers et contre tout. Puis tout s'était détraqué, était devenu confus; ses mains avaient erré sur les claviers comme des bêtes affolées; mais elle avait joué, pas Nelle. Nelle était restée derrière, s'était moquée d'elle, avait ri, avait fait de son mieux pour l'égarer. Et c'est Nelle qui avait traversé la scène en courant quand il lui était devenu impossible de continuer à jouer. Quand l'effort pour maîtriser ses mains indociles avait été au-dessus de ses forces, Nelle s'était précipitée vers la rampe au-devant de l'énorme bête aux mille visages qu'elle haïssait, et elle s'était mise, en hurlant, à la maudire et à l'injurier. C'était Nelle, pas Ellen.

Le taxi se gara devant la maison et Ellen, qui avait récupéré son sac, paya le chauffeur. Alors qu'Ellen ouvrait la portière, Nelle la bouscula et se précipita la première pour gravir le perron. A l'instant où Ellen mit la clef dans la serrure, Nelle se tenait à ses côtés, essoufflée, lèvres entrouvertes, mains brûlantes et fébriles posées sur son épaule.

– Parle-moi de Basil, Ellen, ne cessait-elle de répéter. Parle-moi de lui, est-il toujours aussi grand, mince et blond? Je suis terriblement impatiente de le revoir!

Elle avait envisagé la possibilité d'une bagarre

avec Nelle, quand, en ouvrant la porte, elle avait décidé qu'elle verrait Basil la première. Mais au seuil de l'entrée, toutes deux s'immobilisèrent d'étonnement. La pièce résonnait des notes douces et pleines d'un violon. La mélodie s'interrompit au milieu d'une mesure, comme si quelqu'un avait fait cesser l'exercice.

Nelle devança Ellen dans l'entrée, elle l'entraîna sur la pointe des pieds jusqu'à la bibliothèque. Elles étaient côte à côte lorsque Nelle entrebâilla la porte juste assez pour voir ce qui se tramait dans la grande pièce.

Basil, debout près du piano, tenait enlacée une femme. Le violon avait été posé sur la banquette du piano, oublié. Il étreignait la femme passionnément. Une longue et abondante chevelure auburn tombait librement sur ses épaules, comme un crépuscule cuivré tombe parfois sur les collines et la mer.

Alors Nelle referma la porte et se tourna vers Ellen en souriant.

— Tu vois, dit-elle. Je suis ta seule amie.

« Je suis ta seule amie. » Nelle était tapie dans les ténèbres environnantes et se penchait parfois vers elle, tandis qu'elle était allongée, raidie sous les couvertures. Le doux murmure de sa voix résonnait dans le silence de la pièce. Ellen s'était attendue à l'apparition de Nelle au point où était arrivée son exhumation du passé, à l'accepter, à ne rien tenter pour la repousser. Elle savait pourtant que c'était là le début d'une terreur plus intense qui d'ici la fin de la nuit l'assaillirait.

La main de Nelle la touchait, ses longs doigts passèrent devant ses yeux, à peine moins foncés que les ténèbres menaçantes qui l'entouraient, et entre elle et ces doigts elle distingua lentement des barreaux verticaux, derrière lesquels ils semblaient s'agripper. Comme les autres nuits, la bague apparut, portée par le plus long des doigts. L'horrible pierre qui y scintillait s'anima, se creusa profondément en un vide qui l'appelait tout entière. Elle se sentit se contracter, rapetisser et, de plus en plus, se rapprocha des barreaux, de la sombre ouverture dans la pierre, où elle se glissa comme un fil glisse dans le chas d'une aiguille.

Elle résista à l'hypnose, sachant très bien qu'elle n'était pas assez forte pour lutter. En se contractant jusqu'à ce que les os lui fassent mal, elle parvint à se maintenir dans un équilibre précaire au seuil du sombre accès de la bague. A ce moment elle perdit la sensation d'exister. Tandis qu'au prix d'un ultime effort de volonté elle oscillait au bord du néant, l'instant présent se figea et le doux roucoulement de la voix de Nelle se suspendit. Puis son avenir se précipita à sa rencontre, apportant avec lui toute l'expérience qu'elle allait acquérir (comme si les événements à venir étaient versés dans un entonnoir et qu'elle en fût gavée, tandis que son passé la rattrapait, enflait, l'entourait, s'étalait de tous côtés).

Un nid de barreaux, une succession de lignes horizontales et verticales, des cages les unes sur les autres, et elle au milieu.

Tout ce qu'elle regardait se transformait en barreaux; certains étaient arrondis, d'un blanc ivoire, d'autres carrés peints en noir, leurs pointes recourbées, d'autres encore se reflétaient sur le visage d'un homme endormi (deux ombres s'entrecroisaient, l'une produite par le clair de lune, l'autre rougeâtre, par une enseigne au néon), et les derniers enfin, les plus inquiétants semblaient se presser contre ses tempes, comme si elle essayait d'y passer la tête; à travers eux, elle parvenait tout juste à voir les formes sombres et imprécises des ormes.

La voix de Nelle recommença à s'élever, le temps reprit son cours. Mais la vision de cet univers carcéral ne disparut pas. Nelle poursuivait :

— Ça c'est toi, Ellen. Crois-le ou non. Voilà ce que prétend le Dr Danzer : ces barreaux, c'est toi. Ce sont les barreaux de ton petit lit d'enfant, les barreaux que tu as vus dans le parc et qui t'empêchaient de tomber dans la fosse aux ours, et voilà les ombres de deux stores différents, provenant de deux fenêtres d'hôtels différents au cours de deux différentes nuits sur le même visage de Jim Shad, et voici les barreaux de la fenêtre de cette chambre qui projette un damier sur le sol. Ces barreaux, d'après le docteur, c'est ton destin, tu ne peux leur échapper, bien que tu puisses en tirer parti, comme une bête en cage se gratte contre les barreaux de sa prison. Regarde-les Ellen, vois comme ils enferment, comme ils entravent et façonnent tous les actes, combien ils influencent les pensées, vois ce qu'ils font de toi.

Un grand frisson la secoua, le froid de la fatalité. Et la peur, qu'elle connaissait depuis assez longtemps pour s'y être habituée, grandit jusqu'à retrouver toute sa force primitive : la terreur d'une enfant. Elle s'aperçut qu'elle avait reculé dans le temps jusqu'à une période inconnue de son enfance où, petite et perdue, réveillée brusquement dans l'obscurité, elle écoutait à nouveau le bruit incompréhensible déjà entendu dans son petit lit. Tout à coup le bruit revint : le craquement des marches, un rire nerveux, la voix de sa mère qui protestait : « Mais il faut que j'aille voir la petite, elle peut très bien ne pas dormir. » Puis l'ouverture d'une porte et un brillant trait de lumière dans lequel se détachaient deux silhouettes monstrueuses, deux génies comme dans les contes de fées, qui s'approchaient de son lit. Ils se penchaient au-dessus d'elle, masquant la lumière, riant, se démenant, se baissant pour la prendre : « Ne fais pas ça. Je te dis qu'elle est trop jeune pour goûter à ça. » Nouvelle bagarre au-dessus d'elle. Nouvelles ombres menaçantes qui s'allongeaient, ondulaient et s'abattaient sur elle. Un rire hystérique, un grand cri : « Non! Non! Tu es monstrueux! » De nouveau la plus grande des deux ombres penchée sur elle, plus près, encore plus près, accompagnée d'une odeur infecte. Soudainement la lumière plus brillante, aveuglante, la main, la main de sa mère avec une drôle de pierre noire, sur les barreaux de son petit lit, la grande peur en elle, et la grande haine, la force énorme, insensée de la haine qu'elle n'avait jamais ressentie auparavant et qui jaillissait d'elle contre l'ombre, tandis que sa mère criait toujours : « Si tu touches à un cheveu de sa tête, je te tue. »

Les ombres descendirent sur elle, arrangèrent les couvertures, mais la peur demeura; elle se sentit reprendre sa taille, avancer dans le temps, sortir du monde de l'enfance et entrer dans celui plus vaste, plus complexe des adultes. Les ténèbres l'entouraient toujours, mais à présent il s'agissait de l'obscurité naturelle de la nuit. L'air était frais sur son front et elle reposait apaisée dans les bras de Basil, la tête posée sur son épaule tandis que la voiture avançait lentement dans le parc. Autour d'eux l'odeur de la flore fraîchement arrosée imprégnait l'atmosphère. L'orage était passé et la voûte céleste brillait de l'éclat de milliers d'étoiles. Nelle était assise en face d'eux, l'air maussade. Car Ellen ne l'avait pas regardée depuis des heures. Ellen était maintenant persuadée que sans doute elle se fatiguerait de leur petit jeu et les laisserait seuls.

La main de Basil tenait la sienne, il était près d'elle, elle se sentait comme rassurée, protégée. Le long après-midi qu'elle avait passé enfermée dans sa chambre à écouter par intermittence le chant du violon appartenait au passé. Pendant tout ce temps, Nelle n'avait cessé d'inciter Ellen à descendre dans la bibliothèque afin d'y confondre les amants. Si Ellen s'y était fermement refusée, ce n'était pas parce qu'elle jugeait cette crainte sans fondement ni parce qu'elle redoutait que le pire de ses soupçons fût conforté.

Elle avait préféré contempler un tableau de Picasso qu'elle aimait particulièrement. Elle consacra toutes ses pensées à sa composition, à son dessin. Elle l'étudia comme si elle le découvrait pour la première fois. Nelle faisait les cent pas à travers la pièce, son sourire devenait menaçant, et elle la harcelait, prétendant qu'elle pouvait voir la pièce du bas et ses occupants en train de faire l'amour. Ellen avait refusé de l'écouter et avait fini par réduire Nelle à un silence hostile et à des allées et venues de plus en plus nerveuses.

En fin d'après-midi le violon s'était tu. La porte de la bibliothèque s'était ouverte et la voix de la femme, haute et mélodieuse, monta jusqu'à sa chambre. Nelle se jeta sur Ellen en grinçant des dents, la tira, l'insulta, dans une ultime tentative pour la faire sortir dans le couloir et interrompre le tête-à-tête. Mais Ellen avait fermé les yeux et maîtrisé ses impulsions. Quand elle regarda par l'étroit entrebâillement de la porte et qu'elle vit la fille rousse dans les bras de Basil, la paix que procure une certitude l'envahit. Elle était sûre maintenant de l'infidélité de son mari. Elle n'avait besoin de savoir rien d'autre. Néanmoins, son imagination la travailla à certains moments dans l'après-midi. Parfois un rire, des chuchotements, le bruit que faisait un objet en tombant, montaient de la bibliothèque. Mais si elle avait suivi les élans de Nelle, elle n'aurait fait qu'ajouter à la jalousie qui la tenaillait déjà.

Un peu plus tard, certaine que la visiteuse de Basil était partie, elle descendit dans la bibliothèque. Nelle était sur ses pas tandis qu'elle descendait les marches, et était entrée dans la pièce avec elle, puis s'était assise dans une des bergères proche de la cheminée, là où elle était le plus à même de les observer.

Basil, assis à son bureau, avait levé les yeux en voyant entrer Ellen. Il était venu à sa rencontre, l'avait prise dans ses bras et embrassée sur le front avec condescendance. Ellen l'avait laissé faire parce qu'elle n'attachait plus beaucoup d'importance à ce genre de détails. Il était son mari, elle était sa femme, il lui était infidèle. Ces trois états, en dépit de leurs liens étaient, dans son esprit, indépendants les uns des autres. Ce qui se passait et sa propre réaction lui semblaient sans importance, des choses lointaines, curieuses à observer, dont on pouvait débattre mais qui ne faisaient plus véritablement partie de son existence. Nelle, assise en face d'eux, ricanait; elle était bien réelle; sa haine de Basil (d'autant plus intense qu'elle succédait à la passion) émanait d'elle comme la chaleur d'un grand feu. Nelle aussi ne faisait plus partie d'Ellen.

Ils étaient sortis pour dîner et étaient restés à bavarder après le café. Nelle les avait accompagnés, et les épiait. Le plus souvent, Ellen avait réussi à négliger son regard, profond et fixe, mais sans pouvoir oublier son existence. La présence de Nelle, à l'arrière-plan de ses pensées, l'obsédait. Dans l'espoir qu'une promenade dans le parc l'aidât à se débarrasser de Nelle, en sortant du restaurant elle avait suggéré à Basil de louer une calèche. A l'entrée du parc Nelle ne les avait pas abandonnés, mais elle avait paru moins pressante et il avait semblé à Ellen qu'elle renoncerait, que devant leur bonheur elle s'en irait. Nelle était la violence, le ressentiment, la haine.

La voiture avançait lentement dans la large allée, au pas tranquille et nonchalant des chevaux. Le cocher portait, penché sur l'oreille, son chapeau; il saluait par-ci, par-là, tout en fumant sa pipe. Nelle les avait observés attentivement depuis leur montée dans la voiture; à présent elle avait détourné son regard. Ellen soupira et se détendit un peu. Rien n'allait pour le mieux, se disait-elle, mais la vie continuait, allant son petit bonhomme de chemin, un peu comme la voiture qui dépassait un à un les sombres bouquets d'arbres. Le truc, c'était d'apprendre l'indifférence.

Puis Basil s'était éclairci la gorge et s'était redressé. Il semblait amaigri et fatigué sous l'éclairage des réverbères, et vaguement malheureux.

– Ellen, avait-il dit, il y a une chose dont je voudrais te parler.

Elle l'avait regardé, hoché la tête, dans l'attente qu'il poursuive. Mais il avait hésité, avait fouillé dans ses poches à la recherche de cigarettes, en avait allumé une, longuement, avant de reprendre :

– C'est au sujet de ton concert. Ellen, je veux parler du concert d'hier. Je ne suis pas sûr que tu puisses en donner un autre.

Elle ne s'était pas attendue à ça. Son visage se durcit et, tout en sachant que c'était la dernière chose à faire, elle se tourna vers Nelle. Nelle avait tenu sa main levée de manière à ce que la bague à pierre noire pût capter la faible lumière des réverbères. La profondeur de son obscurité produisit sur Ellen son éternel effet; elle se sentit irrésistiblement attirée par un vide affreux. Nelle s'était mise à sourire, à reprendre forme et netteté. Ellen eut l'impression d'être bue par elle, elle savait pourtant qu'elle n'avait pas bougé. Elle essaya de détourner ses regards de la bague, mais c'était impossible.

– Pourquoi t'es-tu assise là-bas? lui demanda Basil. Je n'avais aucune intention de t'offenser. Ce que je dis, je le dis seulement pour ton bien.

Stupéfaite, Ellen découvrait que Basil regardait ailleurs, qu'il parlait à Nelle, et que, d'autre part, Nelle ne s'intéressait plus à elle, mais à Basil.

– Je ne suis pas là-bas, je suis ici, à côté de toi, répondit-elle.

Pourtant avant d'avoir achevé, elle jeta un coup d'œil à l'endroit où elle était et découvrit qu'elle ne se voyait pas. Nelle, par contre, était épouvantablement présente.

Basil ne prêtait aucune attention à ce qu'elle disait. Il n'en avait que pour Nelle, dont le regard luisait sauvagement.

— Je suis allé voir le Dr Danzer aujourd'hui, poursuivait-il. Je lui ai expliqué que tu avais eu des... problèmes la nuit dernière. Je lui ai demandé ce qui avait bien pu se passer.

Nelle se mit à rire avec mépris.

— Pauvre fou, je suppose que tu crois ce qu'il te raconte? dit-elle.

Basil hocha la tête, l'air préoccupé, écrasa sa cigarette et la jeta.

— Ne l'écoute pas, Basil. Je t'en prie, ne l'écoute pas, s'écria Ellen.

Basil n'eut pas l'air de l'avoir entendue. Il se déplaça de l'autre côté de la banquette et demeura aux côtés de Nelle. Lorsqu'il essaya de passer son bras autour d'elle, elle s'écarta et le gifla.

— Chérie, tu es malade, dit-il. Tu as travaillé trop dur, prématurément, et maintenant tu es au bord d'une nouvelle dépression. Tu dois m'écouter! (Nelle se remit à rire, découvrant ses dents.) Le Dr Danzer est très inquiet. Il veut te voir, te parler. Il dit que cela n'a rien d'exceptionnel pour un musicien après un traitement de choc d'éprouver quelques difficultés à retrouver sa dextérité. Il pense que tu pourrais bien connaître une rechute et que d'autres séances seraient nécessaires.

Nelle le frappa au visage, ses ongles s'enfoncèrent dans la chair de ses joues les marquant de longues et profondes balafres d'où le sang se mit à couler.

— Quand tu as donné ton consentement le docteur ne t'a pas dit ce qui pouvait vraiment arriver? demanda-t-elle. Il ne t'a pas expliqué que tout l'art d'un musicien est perdu quand les électrochocs traversent son cerveau? Que si une certaine réadaptation peut se faire ultérieurement, ce serait néanmoins toujours un artiste diminué?

Nelle se leva dans la voiture qui oscillait doucement et pointa sur lui un long doigt accusateur. Son visage était un masque de haine. Ellen se détourna.

Basil passait une main sur sa joue ensanglantée.

– Le docteur m'en a parlé, dit-il. Il m'a également expliqué que tes chances de guérison étaient minces sans un tel traitement. Il fallait que je prenne une décision.

Nelle lui cracha au visage, puis sauta de la voiture qui avait ralenti. La chevelure en bataille sur les épaules, elle traversa la route en direction du sentier qui conduisait au zoo. Basil sauta à son tour et se lança à sa poursuite en criant :

– Ellen! Ellen! Arrête, écoute ce que j'ai à te dire!

Le cocher tira sur les rênes et arrêta la voiture. Ellen sauta également et se mit à leur poursuite sur le sentier qui à cette hauteur formait une courbe. Basil avait déjà pas mal d'avance sur elle, et Nelle était presque hors de vue. Dans sa hâte désespérée pour les rattraper et prévenir ce qu'elle pressentait, Ellen quitta le sentier en lacet et dévala la pente, à travers les ronces et les branches basses des arbres qui se distinguaient à peine dans la nuit. Nelle, elle le savait, courait vers la fosse aux ours.

Ellen y parvint à temps pour voir Nelle, qui au cours d'une chute avait mis ses vêtements en lambeaux, escalader la grille au-dessus de la grotte. En bas, les bêtes s'agitaient, l'une d'elles grognait. Lorsque Nelle, blême, apparut sur la crête de la grille, Basil à son tour se mit à l'escalader.

– Ne fais pas ça, Basil! s'écria Ellen. Laisse-la,

laisse-la faire ce qu'elle veut. Elle n'est pas moi! Je suis là!

Si Basil l'avait entendue, il n'en laissa rien paraître. D'une main, et des deux jambes, il s'agrippait aux barreaux, tandis que de l'autre il cherchait à atteindre Nelle. Elle était perchée à l'extrémité de la grille et s'accrochait comme elle pouvait aux pointes recourbées. En contrebas, les ours, ombres énormes dans la nuit, avançaient lourdement en reniflant. Nelle s'était mise à chanceler, oscillant d'avant en arrière; Basil redoublait d'efforts pour la retenir.

Ellen observait sans intervenir. Elle ne pouvait absolument rien faire. Chaque fois qu'elle appelait son mari, il l'ignorait. Il semblait ne prêter attention qu'aux cris blasphématoires de Nelle. Pendant qu'Ellen, en se tordant les mains, suivait la périlleuse escalade, elle se souvint d'une épreuve identique (un moment affreux), il n'y avait pas si longtemps. Elle se souvenait de son éveil dans une chambre d'hôtel, Jim Shad étendu à ses côtés. Une enseigne au néon clignotant derrière la fenêtre projetait un dessin de barres rouges puis noires sur son visage assoupi. Elle s'était levée pour gagner la fenêtre, changer l'angle des lamelles du store de manière à ce que la lumière ne tombât plus sur son visage, et c'est alors qu'elle avait senti la pression familière sur son épaule; elle s'était retournée, Nelle était devant elle. Elle avait hurlé et le cri avait réveillé Jim. Il avait sauté hors du lit et s'était précipité non pas sur elle mais sur Nelle. Elle l'avait frappé encore et encore avec le lourd pied d'une lampe jusqu'à ce qu'il s'écroulât sur le lit. Alors elle avait commencé à lui cogner la tête contre le montant du lit, tandis qu'Ellen assistait à la scène en hurlant de terreur.

Cette fois, elle le savait, il était inutile de crier. Et même si elle l'avait voulu, il ne fallait pas car Basil

216

avait atteint le sommet de la grille et il avançait difficilement entre les pointes en direction de Nelle. Le cri aurait pu l'effrayer, voire lui faire perdre l'équilibre et le précipiter dans la fosse. La seule chose qu'elle pouvait faire, c'était attendre.

Mais Nelle avait crié. Dès que Basil l'eut rejointe, elle se mit à hurler à gorge déployée. Basil tenta vainement de rattraper les barres qu'il avait lâchées. Il avait perdu l'équilibre. Au moment de sa chute, il lança une main sur la pointe effilée d'un barreau qui la déchira. Puis il tomba dans la fosse avec un bruit sourd, les ombres pesantes s'agitèrent et il hurla de terreur. Nelle était redescendue et s'était ruée sur Ellen, lui plaquant une main sur la bouche et la maintenant étroitement serrée contre elle, pour l'empêcher de lui porter un quelconque secours jusqu'à ce qu'il fût trop tard, que les seuls cris provenant de la fosse aux ours fussent devenus affreusement inhumains.

La chambre était sombre, les ténèbres l'entouraient de toutes parts et la réclamaient. Même la fenêtre était sombre à présent que la lune était masquée par un nuage. Elle venait de passer une autre de ces terribles nuits, avait assisté à tout cela une fois de plus, incapable de s'y opposer. A partir de maintenant, dès qu'elle fermait les yeux, qu'il fasse jour ou nuit, ça pouvait recommencer, mais il ne lui était pas nécessaire de fermer les yeux pour entendre ces hurlements. Ils perçaient ses oreilles qu'elle fût éveillée ou endormie, bannissant à jamais la musique, écrivant leur propre symphonie de souffrance. Et un autre bruit l'accompagnait sans cesse, le doux murmure d'un mensonge qui la conseillait, la persuadait, la trompait. Nelle la quittait rarement à présent. Elle semblait faire partie d'elle, parlait pour elle, agissait à sa place, souvent même l'obligeait à apaiser ses pensées. Il lui semblait parfois qu'elle n'était pas Ellen, qu'elle était Nelle.

CET OUVRAGE
A ÉTÉ COMPOSÉ
ET ACHEVÉ D'IMPRIMER
PAR L'IMPRIMERIE FLOCH
À MAYENNE EN MAI 1989
POUR LE COMPTE DES ÉDITIONS TERRAIN VAGUE

N° d'éd. 13. N° d'impr. 27986.
D. L. : mai 1989.
(Imprimé en France)